아이와 기적을 만들다
살아있기 때문에 견딜 수 있다

아이와 기적을 만들다

초판 1쇄 발행 | 2018년 11월 6일

지은이 | 박지은
펴낸이 | 공상숙
펴낸곳 | 마음세상

주 소 | 경기도 파주시 한빛로 70 515-501

출판등록 | 2011년 3월 7일 제406-2011-000024호

ISBN | 979-11-5636-293-7 (03810)

원고 투고 | maumsesang@nate.com

ⓒ박지은, 2018

* 값 13,200원

* 마음세상은 삶의 감동을 이끌어내는 진솔한 책을 발간하고 있습니다. 참신
한 원고가 준비되셨다면 망설이지 마시고 연락주세요.

이 도서의 국립중앙도서관 출판예정도서목록(CIP)은 서지정보유통
지원시스템 홈페이지(http://seoji.nl.go.kr)와 국가자료종합목록시스템
(http://www.nl.go.kr/kolisnet)에서 이용하실 수 있습니다. (CIP제어번호 :
CIP2018032135)

아이와 기적을 만들다

박지은 지음

마음세상

들어가는 글

아이를 낳으면 바로 엄마가 되는 줄 알았다. 아이 둘을 낳고 키우면서 깨달았다. 엄마란 매일 허물을 벗으며 살아가는 존재이다. 첫째를 낳고 젖을 먹이면서 평범한 엄마처럼 살았다면 어땠을까? 차디찬 회색빛 수술대가 아닌, 장미꽃이 그려진 분홍색 이불 위에서 보내는 시간이 얼마나 소중한지 알았을까? TV에서 나오는 엄마들처럼 평범하게 살았으면 좋겠다고 생각했다. 수술실을 나와 마취도 하지 않은 채 다시 수술실로 들어가는 6개월 된 아이를 보면서 성인 에로니모의 돌로 가슴팍을 찍어 내렸다.

'내 탓이오. 내 탓이오.'

누군가 뒤에서 건들면 소리 지르며 돌을 던져 버리고 싶었다. 그토록 원하던 솜사탕을 받아 들고 아이와 집에 왔다. 솜사탕의 달콤함은 어느새 녹아 버리고 끈적끈적한 설탕이 귀찮게 만져졌다. 매일 아이를 향한 마음이 바람에 휘날리는 깃발처럼 퍼덕였다. 잘했다가, 못했다가 잠든 아이의 머리를 쓸어 올리며 말했다.

"미안해. 오늘도 미안해."

잠에서 깬 아이는 호기심 반짝이는 눈빛으로 사라진다. 설거지하고 뒤돌아 아이를 보니 몸과 벽에 피카소가 되어 다양한 색칠을 해놓았다. 아이는 해맑은 미소로 엄마를 바라봤지만, 등을 후려 내려쳤다.

"도대체 왜 그래?"

아이를 혼내고 다시 죄책감에 휩싸였다.

'넌 세상에서 제일 나쁜 엄마야. 어떻게 병원 생활하고 나온 아이인데 때릴 수가 있어?'

원망과 죄책감이 밀린 빨래를 쌓아 올린 것처럼 겹겹이 쌓여갔다. 도서관에 서 육아 책을 빌려 읽었다. 머리로는 이해가 되었지만 뒤돌아서면 다시 소리쳤다. 마음을 다스리고 싶어 유튜브를 검색하여 법륜스님의 즉문즉설을 들었다. 그러나 불타는 감정을 내려놓을 수 없었다.

'왜 나만 이럴까? 왜 나만 안 될까? 엄마의 자격이 없는 것일까?'

모든 것을 내려놓고 다른 곳을 향해 날아가고 싶었지만, 엄마의 깃발은 신의 깃대에 묶여 있어 날아가지 못했다. 세찬 비바람이 불어와도 거센 눈보라가 불어도 붙들어 놓았다. 자격 없는 엄마는 둘째를 낳았다. 천근 만근한 몸으로 모유 수유를 했다. 15개월 후 빚어 낸 것은 세 알의 암 덩어리와 모래알처럼 무수히 많은 석회화였다. 실처럼 가늘게 눈을 뜨고 모든 것을 의심하고 비난했다. 잠들지 못한 밤, 돌멩이질한 결과 엄마의 자격 상실했다. 마음이 멀어버린 엄마 품에 두 아이가 있었다. 아이를 품에 안고 보드라운 볼에 얼굴을 비볐다. 아이의 냄새가 났다. 감각의 세포가 살아났다.

'신이시여. 두 팔에 안겨 있는 아이는 제가 낳은 아이입니다. 이 아이들을 있는 그대로 사랑하는 방법을 가르쳐 주세요.'

신은 다른 사람의 입을 통해서 말했다.

"자신을 사랑하세요."

대답을 듣고 장마철 같은 폭우와 번개가 요동쳤다.

'세상 미움으로 가득 차서 낡아서 버린 우산 같은 나를 어떻게 자신을 사랑할 수 있나요?'

세상에는 완벽한 것은 없다. 완벽한 것이 아닌 완벽을 향해 만들어가는 것이다. 자신을 사랑하기 위해서 아이가 걸음마를 배우듯이 한 걸음씩 내딛기 시작했다. 일어서서 마음에 쌓아둔 검은 보자기를 풀어 햇살 가득한 봄볕에 훌훌 떨어본다. 엄마는 껍질을 벗어가고 있다. 오늘의 허물을 벗고 또 내일의 허물을 벗어가며 엄마가 되어 간다. 암 환자로 아이 둘을 키우면서 살아가는 엄마의 모습을 글로 적게 되었다. 초등학교 독후감 숙제 한번 제출하지 않았던 아이가 엄마가 되어 책을 쓰게 되었다. 퇴고하며 다시 글을 읽어보니 어린아이가 쓴 것처럼 부족한 점이 많았다. 그런데도 누군가에게 희망이 되고 싶어 글을 썼다.

제1장
새로운 삶의 시작

지난 삶의 이야기

사면이 산과 들이고 포장도로 하나 없는 깊고 깊은 산골에 아버지는 언덕 위에 하얀 집을 지었다. 방 두 개 하나는 창고처럼 사용했고 안방에서 부모님과 나보다 세 살 어린 동생과 함께 생활했다. 가게 하나 없는 곳에서 가장 맛있었던 것은 동생의 분유를 몰래 훔쳐 먹는 것이었다. 달곰한 분유 가루를 통에 들어 있는 숟가락을 목구멍에 떨어 넣는다. 침으로 녹여 먹는 최고의 간식이었다. 어머니 땔감을 마련하고 아궁이에 불을 넣고 솥에 밥과 국을 준비했다. 아침을 먹고 나면 들에 나가 흙 묻은 손으로 돌아왔다. 사위가 어둑해지면 곰팡이 슨 방을 엎드려 닦아내고 색색의 이불을 바닥에 깔고 남매를 토닥토닥 재웠다. 스무 살 어머니 손과 발은 노란 고무줄 같은 굳은살이 박여 있었다. 어머니는 말 대신 눈가에 언제나 이슬로 젖어 있었다. 아버지는 언제나 얼굴빛이 동백꽃처럼 붉었다. 아버지 머리에서 연기가 피어오르면 이불을 푹 뒤집어쓰고 잠이 들었다. 하지만 대청마루에서 빗소리를 감상하면서 노래를 불러줄 때는 하얀 백합 향기가 났다. 노래를 불러 주며 배를 토닥여 주는 아버지는 누가 봐도 세상에서 제일 인자한 아버지였다.

한번은 동생과 나를 오토바이에 태우고 불빛이 반짝이는 도시로 데리고 갔다. 돌아오는 길에 생전 처음 보는 제과점에 들려 빵을 사 주었다. 말랑말랑한 과자 한 봉지 사 들고 주머니에 넣었다. 집으로 돌아와 아버지는 주머니에서 소중한 보물을 내놓듯 봉지를 꺼냈다. 그것을 바라본 어머니의 눈은 가늘고 고요했다. 봄이 되면 동생과 유채꽃밭에서 나비를 잡으며 뛰어놀았다. 여름에는 소나무 숲의 그늘에서 할아버지가 매달아 놓은 나무 그네를 매달아 타고 놀았다. 울긋불긋 색깔 옷으로 갈아입으면 뒷산에 올라 발로 밤을 깠다. 흙 묻은 고무신에 가시가 들어가면 아버지는 박힌 가시를 빼서 던져 버리고 발에 입김을 불어 주었다. 하얀 눈이 새끼 고양이처럼 간지럽게 내리면 아버지는 산에 가서 반듯하게 생긴 나무를 화분에 심었다. 장에서 사 온 오색빛깔 반짝이는 장식과 전구를 켜서 크리스마스트리를 짠하고 마법사처럼 만들어냈다. 동생의 눈이 접시만 해졌다. 전축에서 크리스마스 캐럴이 흘러나왔다.

12시에 교회의 청년들이 마을의 끝 언덕 위의 작은집 와서 찬송가를 불렀다. 아버지는 무언가를 꺼내서 바구니에 가득 넣어 주셨다. 가장 복된 아버지의 모습이었다. 어머니는 그 모습을 슬프게 지켜보았다. 아버지는 엄했지만, 비 오면 엘피판을 꺼내 음악을 들었다.

동네에 담배 피우는 아저씨들은 있어도 책을 읽는 아저씨들은 없었다. 아버지는 음악을 들으며 책을 읽었다. 장판이 까맣게 타서 올라온 아랫목에 앉아 한글과 산수 공부도 직접 가르쳐 주었다. 어머니는 그 옆에서 말없이 바느질했다. 아침에 이슬에 젖은 풀잎을 헤지고 학교에 가면 바지 밑은 그대로 젖어 있었다. 오후가 되면 언제 그랬냐는 듯이 다 말라 있었다. 푸른 산 너머 겹겹이 산으로 둘러싸인 곳에 아이들과 시간 가는 줄 모르고 뛰어놀았다. 그러던 어느 날 학교 끝나고 집으로 향하는데 마을에서 방송이 울렸다. 희미하게 들려오는 방송으로 누구네 집에 불이 났다는 것이다. 알 수 없는 두려움이 뒷덜미를 낚아챘다. 푸른 언덕 위에 연기가 피어오르는 집을 보고 들고 있던 빨간색 신발주머니를 떨어뜨렸다. 하얀 집은 잿빛으로 변해 있었다. 노란 꼬리를 흔들던 누렁이와 작별도 못 하고 회색 건물이 들어찬 도시의 한식당으로 들어가게 되었다.

낮에도 사람이 많고 밤에는 술병을 늘어놓고 줄담배를 피는 연기 자욱한 식당 한구석에서 까만색 방석을 깔고 동생과 잠들었다. 밤색의 거친 테이블이 책상이었고 사람들이 앉아서 먹는 끈적끈적한 바닥이 잠자는 방이었다. 아버지는 새벽이면 검정 철제 자전거를 타고 나갔다. 자전거를 탄 아버지 키보다 높이 장을 봐서 돌아왔다. 어머니는 식당에서 일하는 아주머니와 함께 음식을 준비했다. 어머니 손은 언제나 얼음물에 담가 놓은 손처럼 빨갛게 부어 있었다. 고무장갑을 낀 손인지 안 낀 손인지 구분을 못 할 정도이다. 간혹 가다 칼에 손을 베면 수건으로 한번 닦은 것이 전부였다. 어머니는 밤늦도록 주방에서 쓸고 닦고 음식을 만들었다. 새벽잠을 자고 아침이 되면 기계적으로 일어나 커다란 은색 솥에 밥을 하고 남매를 학교에 보냈다.

식당이 분주해지자 일하시던 아주머니가 일을 그만뒀다. 어머니가 해야 할 일을 더 많아졌다. 어머니는 힘든 내색하지 않고 주방과 홀을 오가며 일을 했다. 도로 건너 배달을 하거나 빈 그릇을 가져와야 하는 일이 생길 때면 낮은 목소리로 애처롭게 말했다.

"네가 좀 다녀와라."

식당 집 딸이라고 머리를 쓰다듬는 말과 행동으로 어린 마음에 안 가겠다고 투정을 부렸다. 그러나 돌아서는 어머니의 뒷모습을 보며 신문지가 덮여 있는 쟁반을 들고 왔다.

아버지가 어머니의 심연을 바닥까지 내리치고 문을 닫고 나갔다. 어머니의 가늘고 긴 눈에서 장맛비가 흘러내렸다.

"나는 너희들을 끝까지 책임질 것이다. 나처럼 어미 없는 자식으로 키우지 않을 것이다."

차가운 새벽빛이 새어들어 올 때까지 두 눈이 퉁퉁 붓도록 울었다. 그리고 다시 주방으로 들어가 가스에 불을 붙이고 도마질을 했다. 어머니가 초등학교 들어가기 전에 외할머니가 돌아가셨다. 반면, 아버지는 대궐 같은 집의 막내아들로 가난을 모르고 살았다. 고등학교 전교 1, 2등 다툴 정도로 공부를 잘했다. 길을 가다 아버지를 한눈에 알아본 고모 친구가 말했다.

"네가 학교 다닐 때 선생님이 업고 다닌 막내 아니냐!"

대학의 캠퍼스에 있을 시기에 어머니를 만나 결혼해서 20살에 나를 낳았다. 아버지는 자식에 대한 기대가 무척 컸다. 그러나 지금도 오른쪽, 왼쪽도 구분 못 하는 딸을 두고 더하고 뺄셈을 가르쳤으니 아버지 손이 벌떡벌떡 올라갔다.

방학이 되면 새벽부터 주산 책을 펼쳐 놓고 주판을 가르쳤다.

"아빠가 장에 다녀올 때까지 다 풀어 놓고 있어라."

아버지가 장에 가면 막혔던 숨이 풍선의 바람 빠지듯이 푹 꺼졌다.

'이 많은 숫자를 언제 하나?'

애꿎은 주판만 밀고 다니다 문득 떠오른 생각이 뒷장에 답지를 보고 배꼈다. 그 모습을 고스란히 들켜 식당 바닥에 주판알이 뒹굴도록 맞았다. 그런데도 속으로 쾌재를 불렀다.

'주판이 없어져서 속이 시원하다.'

공부는 진절머리나도록 싫었다. 아버지는 손님 없는 시간에 책을 펼쳤다. 일주일에 한 번씩 책 보따리를 들고 아저씨가 오면 책을 골라 쌓아두고 봤다.

'도대체 저게 뭐라고 저리도 푹 빠져서 보나?'

아버지 책을 펼쳤는데 깨알 같은 검정 글자밖에 없어 뒤로 던져 버리고 밖에서 동무들과 말뚝박기를 하고 해가 지면 들어왔다.

'오늘 하루도 잘 놀았다.'

만화프로그램에서 나오는 노래처럼 노는 게 제일 좋았다. 학교에서 돌아와 보니 식당 뒤편 작은 공터에서 아버지가 나무판자와 못을 들고 무허가 판잣집을 짓고 있었다. 정확하게 말하자면 판자 방이다. 공구를 들고 있는 아버지 모습이 새롭게 눈에 들어왔다. 네 사람이 겨우 누울 만한 공간이었는데 방이 생겨 좋았다. 아버지는 방에 세계문학 전집을 넣어 주었다. 아버지가 보는 책보다 작고 얇았지만, 책보다 선물로 준 무전기만 가지고 놀았다. 초등학교 4학년이 되도록 공부에 관심을 보이지 않던 나에게 아버지가 제안했다.

"이번 시험 잘 보면 미미의 집을 사주겠다."

통지표에 수우미양가 다양하게 찍던 내가 수수수수수수수를 찍자 아버지는 약속으로 미미인형을 사 주셨다. 새 학기가 되면 아버지는 달력으로 교과서를 포장해 주셨다. 딸은 전혀 공부에 관심을 보이지 않았다. 그때 아버지의 심정이 어떠했을까? 단 한 번도 아버지 심정을 헤아리지 않았는데 자식을 낳아 학부모가 되어 보니 아버지 마음이 어떠하셨을지 이해가 된다.

학교에서 부모님 품을 떠나 2박 3일 수련회를 떠나게 되었다. 학교에서 들리는 괴상한 소문으로 학교에서 소풍이나 수련회가 있는 날이면 비가 왔다. 비를 맞으며 버스는 대형 비닐하우스 수련장에 우리를 내려놓았다. 이끼가 보이는 잠자리에 비가 축축하게 올라왔지만 우리는 소곤소곤 선생님 눈을 피해가며 밤이 늦도록 이야기꽃을 피웠다. 이튿날 주황색 공중전화를 보고 십 원 짜리 두 개를 넣어 전화번호를 눌렀다. 동전은 떨어졌는데 수화기 너머로 목소리가 들리지 않았다.

"여보세요. 여보세요."

조금 후에 어머니 음성이 들렸다.

"너 보고 싶다고 네 아버지 계속 운다."

전화기 너머로 흐느끼는 소리가 들려왔다.

아버지 가슴에는 붉은색 화도 많고 파란색 눈물도 많았다. 수련회에 돌아와 아버지를 목을 끌어안고 고양이처럼 애교를 피웠다. 아버지가 상자에서 무언가를 내밀었다. TV 광고에서 청바지를 입은 예쁜 언니가 나와 선전하던 이어폰이 달린 워크맨이었다. 아버지는 한 달 월급을 엘피판에 투자할 정도로 음악을 좋아했다. 수련회에 간 딸을 눈물 흘리며 기다리다 전자상가에 가서서 워크맨을 사 왔다. 아버지의 관심은 나와 동생 그리고 어머니였다. 그런데 나는 아버지가 항상 무서웠다. 어머니랑 싸우면 무서움에 이불을 뒤집어쓰고 화가 제발 일어나지 않기를 기도했다.

주말 아침 아버지를 따라 시장에 갔다. 아버지는 싱싱한 채소가 많은 곳에서 장거리를 사지 않고 구석에 앉아 보자기 위에 작은 접시에 올린 할머니에게 샀다. 자전거 뒤에 검은 봉지를 챙겨 머리가 파 뿌리처럼 하얀 할머니에게 드렸다.

"매번 고마워요. 고마워요."

이가 몇 개 밖에 안 남은 꼬부랑 할머니가 고맙다고 말하고 주름진 손으로 받아 들었다. 뒤돌아서서 자전거를 이끌고 가는 아버지를 향해 묻는다.

"아빠, 왜 가게에서 안 사고 구석에 앉아 있는 할머니한테 사?"

"할머니 물건 못 파시고 집에 가실까 봐."

아버지는 동생을 군대 보내 놓고 길 가다 군인들은 보면 주머니에서 돈을 꺼내서 돈을 찔러 넣어 주었다.

'왜 저렇게 할까?'

의문이 들었다. 아버지는 겉으로는 불처럼 무서운 분이셨지만 가슴 안은 백합꽃으로 나팔을 부는 천사가 들어앉아 있었다. 어린 눈에 아버지는 수수께끼 같은 분이셨다.

시간이 흘러 아이를 낳고 부모가 되어 보니 수수께끼가 하나둘씩 풀리게 되었다. 나도 아버지와 같은 부모가 되었다.

'자식을 낳아봐야 철이든다.'

어른들 말이 이제야 알겠다. 20대 아기를 낳은 두 부부가 먹고살기 위해서 몸부림쳐야 했던 시간, 둘째 낳고도 미역국 하나 제대로 먹지 못해 젖이 돌지 않았던 어머니의 젖가슴, 가난함을 저항했던 아버지의 행동들. 만약 내가 20대 아이를 낳고 가난 속에 허덕였다면 어땠을까? 가정을 지켜나갈 수 있었을까? 정말 신은 견딜 수 있을 만큼의 시련을 주시는 것일까?

아침 햇살에 눈을 뜨고 새끼고양이처럼 보드라운 살을 밀고 들어오며 아이가 말한다.

"엄마, 사랑해요."

양팔로 목을 끌어 않고 양 볼에 뽀뽀하는 간지러운 아침을 맞이한다. 문득 나를 키워주신 아버지, 어머니를 향해 두 손을 모으고 기도한다.

살얼음판 사춘기

주말이면 아버지를 따라 장에 갔다. 시장 구경도 좋고 말만 잘하면 맛있는 것도 얻어먹을 수 있었다. 그날은 장이 끝나는 곳까지 가게 되었다. 멀리서 십자가가 보였다. 아버지 소매를 끌어당기면서

"아빠, 저기 어디예요?"

"저기는 성당인 것 같다."

아버지랑 성당 앞까지 갔다.

"아빠, 저 성당 다닐래요."

나이는 어렸지만, 성당을 다녀야겠다는 확고한 신념이 생겼다. 동생 손을 이끌고 성당을 다니면서 세례를 받았다. 열심히 다니던 성당도 사춘기의 고속도로를 타자 아우토반 전속력을 질주하기 시작했다.

어둠이 깊이 내려앉은 시간, 아무도 찾지 않은 성당에 한 소녀가 무릎을 꿇

고 앉아 울기 시작한다. '저를 이대로 내버려 두지 마세요.'

십자가는 고요히 소녀를 내려다보고 있었다. 하루 만에 사람은 변하지 않는다. 변하기 위해서는 계기가 있어야 한다.

학교에서 돌아와 보니 식당에 어머니가 안 계셨다. 건물 뒤 주차장으로 가니 수돗가에서 눈을 맞으며 400포기의 김장을 혼자 하고 있었다. 도와주는 사람도 알아주는 사람도 없었다. 어머니의 뒷모습을 보고 뛰쳐나와 눈길을 마구 달렸다. 싫었다. 어머니의 뒷모습도 싫었고 도와드리지 못하고 도망치는 나도 싫었다. 펑펑 울고 어깨가 축 늘어져서 집으로 들어갔다. 여전히 어머니는 쉬지 않고 설거지를 하고 음식을 장만했다. 어머니가 힘든 것을 알고 있지만 모르는 척했다. 왜 그랬을까? 어머니를 왜 도와 드리지 못했을까? 어머니에게 왜 다가가는 것이 어려웠을까? 딸은 엄마에게 꼭 필요한 친구라는데 어머니 마음에 가까이 가지 못했을까? 며칠 후 어머니가 복통을 호소했다.

'병원에 가면 되지 왜 저렇게 참을까?

학교에 돌아오니 비바람에도 끄떡없던 어머니가 맹장 수술을 하고 병원에 입원했다. 하얀색 환자복을 입고 마른 입술을 간신히 떼면서 말했다.

"나는 괜찮으니 가서 공부해라."

처음으로 식당 문을 닫은 날이었다. 식당은 언제나 만석이었다. 아버지가 식당 뒤편에 나무판자로 만든 방도 사람들이 가득했다. 주머니에서 100원짜리 하나도 나올 틈이 없이 절약만 했던 어머니는 누워서 무슨 생각을 하셨을까? 병실에는 어머니 혼자 계셨다. 그때 아버지는 트럭 운전면허증을 따고 운전을 하셨다. 퇴원하고 어머니는 아버지를 위해서 오리 백숙을 끓였다. 밥상이 조금이나 허술하면 밥상은 바로 엎어졌다. 나는 조금도 어머니를 도와드리는 딸이 아니었다. 오히려 어머니 속을 뒤집는 일상을 계속 지속했다.

중3 겨울 생일이었다. 학교에 갈까 말까 하다 어깨를 축 늘어뜨리고 교실 문을 열고 들어갔다.

"박지은, 교무실로 와!"

선생님의 호명에 교무실로 가서 허벅지에 피멍이 들도록 회초리로 맞았다. 아팠지만 이를 악물고 맞았다. 선생님의 입술이 파르르 떨릴 때까지 맞았다. 속으로 생각했다.

'지독하다.'

교실에 들어가니 아이들이 커튼을 쳐놓고 책상 위에 불 켜진 케이크 놓여 있었다.

"생일 축하합니다. 생일 축하합니다."

생일 축하 노래를 불러 주고 촛불을 끄게 했다. 친구들이 포장된 상자와 초와 기다린 목걸이를 내게 걸어 주었다.

"반 아이들이 돈을 조금씩 모았어. 그 돈으로 학교에서 내라는 돈 안 낸 거 냈어.

이건 초와 소금이든 상자야. 세상의 빛과 소금이 되라고. 이 긴 목걸이는 껌으로 엮은 거야. 평생을 먹어도 못 먹겠지? 껌처럼 길게 오래 살아. 그만 울고 케이크는 집에 가서 먹어 우리가 함께 나누어 먹기에는 너무 작잖아."

맨 뒷자리에 누워서 공부 안 하고 학급 평균만 깎아 먹는 나에게 친구들의 돈을 모아서 생일을 준비해 주었다.

'내가 뭐라고. 이렇게 벌레처럼 사는 나에게 빛과 소금이 되라고? 어떻게 하면 세상의 빛과 소금이 될 수 있을까? 과연 가능할까?

외모에 신경 쓰느냐고 다이어트로 164cm의 50kg 몸이 불과 한 달 만에 65kg이 넘게 살이 쪘다. 마치 오리가 뒤뚱뒤뚱 걷는 것처럼 걸었다. 예쁘게 봐주는 사람은 단 한 명도 없었다. 아버지는 운전대를 잡고 24시간 코피를 흘리면서 운전을 했다. 건장했던 몸이 많이 여위어 갔다. 아버지는 딸의 모습을 보고 모든 것을 내려놓았다. 아버지는 나를 앉혀 놓고 말했다.

"옛말에 맹모삼천지교라고 했다. 당분간 큰아버지 댁에 있거라. 모든 일을 정리하고 가겠다."

아버지 말씀대로 책가방을 싸서 큰아버지 서재에서 지내게 되었다. 큰아버지는 회사를 운영하시면서 대학의 겸임교수셨다. 큰어머니는 장교 출신의 양호선생님이셨다. 사방이 책으로 둘러싸인 서재의 책 냄새를 맡으며 지냈다. 아버지만 내려놓았을까? 나도 내려놓았다. 장마철 흙탕물이 어느덧 조용히 가라앉았다. 고요함 속에서 책이 보였다. 연필을 잡고 책장이 넘겼다. 전교 끝자락에서 1, 2등을 흔들던 등수가 전교등수 한 자릿수에 들었다. 큰아버지께 통지표를 보여 드렸다.

"잘했다. 이걸로 책사 보아라."

큰아버지는 살아생전 수시로 책을 선물해 주셨고, 산책하며 이야기를 들어주셨다. 그림 전시회를 할 때 가장 큰 화분을 가지고 오셔서 흠뻑 축하해 주셨다. 내가 결혼하고 자서전을 책을 출간하셨다. 그리고 얼마 후 뇌암 판정을 받으시고 생과 마지막 작별을 하셨다.

책을 펼치게 된 또 하나의 큰 계기가 있다. 담임선생님 영어 시간이었다. 선생님은 영어를 읽어 해석해 주고 그다음 번호대로 나와서 발표하는 시간이었다. 번호가 가까워지자 친구들이 연필로 영어 밑에 한글 발음을 적어 주었다.

"나 못 하겠어. 안 한다고 할래."

"아니야. 할 수 있어."

친구들의 응원에 등 떠밀려 나갔다. 목소리도 발음도 모두가 엉망이었다.

'역시 나는 안 돼.'

선생님은 절망하며 뒤돌아서는 어깨를 두드리면서 말했다.

"잘했다. 지은아."

보잘것없고 못난 나에게 선생님께서 진심으로 칭찬해 주셨다. 다음날부터 친구들보다 일찍 학교에 도착해 교실을 청소했다. 바닥에 떨어진 휴지도 줍고 책상 줄도 맞춰 놓았다. 간혹가다 선생님 몰래 책상 위에 꽃을 올려놓기도 했다. 선생님은 보름에 한 번 집으로 전화했다.

"지은이, 뭐 하고 있었니?"

그때 친구들과 라면을 끓이어 먹으려고 한다고 했더니 선생님이 말했다.

"친구를 라면으로 대접해도 되겠니? 선생님이 피자 사줄게."

생전 처음 가본 피자집에서 피자를 사 주셨다. 선생님의 진심이 나를 움직였다. 그날부터 책을 통째로 외워 공부했다. 수식도 따지지 않고 무조건 책을 외워 버렸다. 내신은 외워서 해결했지만, 수능의 벽은 높고도 험했다. 내신이냐, 수능이냐?

'나는 한 우물만 판다.'

내신을 파고들었다.

고3 수능 점수가 공개되었다. 수능으로 대학을 갈 수 없었다. 하늘은 특차전형의 기회를 주었다. 고3 담임선생님에게 특차를 쓰겠다고 하니 고개를 갸웃거렸다.

"어렵겠는데."

"선생님, 그래도 써주세요."

특차전형을 내고 합격 소식을 들었다. 아버지는 대학교 게시판에서 이름을 확인했다. 합격자 명단에 박지은 이름이 붙어 있었다. 아버지는 누구보다 기뻐

하셨다. 아버지의 맹모삼천지교가 통했다. 중학교 3학년 때 속 썩었던 담임선생님께 전화했다.

"선생님, 저 박지은이에요. 저 법학과에 합격했어요."

"그 녀석, 참 잘했다. 이제 대학생이 되었으니 소주 한잔해도 되겠다. 허허허."

피멍이 들도록 나를 때리신 선생님, 그러나 선생님의 사랑이 매로 전해졌던 것일까?

뒤돌아서 생각해보니 그날 밤, 십자가를 바라보며 무릎 꿇고 눈물로 기도하던 모습을 누군가 지켜보고 있었다. 살얼음판 걸었던 사춘기 시절 한 걸음 한 걸음에는 어머니의 기도가 담겨 있었다. 아버지의 확고한 신념과 이를 도와준 큰아버지, 매로 제자를 가르치신 선생님, 칭찬으로 감싸 주셨던 선생님, 진심으로 응원해 주었던 친구들 그리고 이 모든 것을 내려다보고 계신 분의 사랑이 온몸으로 뜨겁게 느껴진다. 생각해보니 살얼음판이 아닌 사랑의 꽃길을 걷고 있었다.

행복의 뻥튀기

맹모삼천지교, 아버지와 어머니는 하던 일을 그만두고 자식을 위해 이사했다. 고등학교 1학년 처음으로 책을 접고 밤을 새우며 새벽을 맞는 기쁨을 알게 되었다. 대학에 입학해서 부모님께 효도다운 효도를 했다. 그러나 아버지의 디스크 수술로 어머니는 모든 생계를 책임지게 되었다. 어머니는 책과 연필을 멀리하셨는데 생계를 위해 운전면허 시험에 도전했다. 태어나 처음으로 어머니가 공부하는 모습을 보았다. 떨림. 가득한 목소리로 물었다.

"지은아, 내가 과연 할 수 있을까? 난 가방 줄도 짧고 머리도 안 좋단 말이야."

초등학교 1학년 받아쓰기하는 학생처럼 바르르 떨면서 공부를 했다. 그 모습을 지켜보는 나도 가슴이 떨렸다. 어떤 결과가 나오던지 어머니가 상처받지 않기를 기도했다. 운전면허 시험 날 어머니를 응원하면서도 한편으로는 걱정이 되었다. 굽이 다 닳은 낡은 팥색 신발을 신고 운전면허 시험장으로 들어가는 어머니의 뒷모습은 처음으로 어린이집 가는 아이처럼 떨려 보였다.

'내가 대신 할 수 있는 일이라면 얼마나 좋을까?'

운전 면허장 밖에서 어머니를 기다리는 시간이 왜 이리 더딜까? 앉아 있는 두 다리가 저절로 떨었다. 얼마의 시간이 흐르자 많은 사람이 한꺼번에 쏟아져 나왔다. 그중 어머니는 키가 작아 보이지 않았다. 고불거리는 파마머리를 보고 어머니 손을 잡아당겼다.

"엄마, 어땠어?"

"시험이 이런 거였니? 지금도 손이 떨린다."

빨갛고 퉁퉁 부어 있는 손이 파르르 떨렸다. 어머니는 태어나 처음으로 국가 시험을 보고 합격했다. 어머니 눈에서 슬픔의 자국이 사라지고 동그랗게 반짝였다. 운전면허 시험과정에서 한 번도 안 떨어지고 1종 면허증을 취득했다. 어머니의 능력은 내가 아는 것보다 훨씬 위대했다.

트럭에 나를 태우고 밤거리를 달렸다. 처음 개통된 도로에 양 차선에 차가 없었다. 어머니는 역주행으로 도로를 달렸다.

"지은아, 엄마 역주행으로 달렸다. 하하하."

어머니가 웃었다. 하늘에 있는 별과 달이 들릴 정도로 크게 웃으셨다. 나도 따라 웃었다.

밤공기가 달았다.

"우리 엄마 최고!"

운전하는 어머니의 옆모습을 보고 대학생인 나보다 더 젊고 향기로웠다.

'엄마 닮았으면 저렇게 예뻤을까?'

나는 아버지랑 판박이다. 가끔 길 가다 처음 보는 사람들이 나를 보고 말을 건다.

"박 사장 딸 아닌가?"

오이처럼 길쭉한 얼굴에 메기처럼 투박하다. 그러나 어머니는 동그란 얼굴에 갸름하고 적당한 눈과 바르고 단정한 코, 크지도 작지도 않은 입술, 옛 선인들의 미인도에서 볼 법한 얼굴이다. 어머니는 슬픔은 사라지고 사랑에 빠진 여자 주인공 같았다.

용달차에 뒤편에 주황색 간판을 뒤집어쓰고 그 안에 우리 가족의 생계를 책임질 뻥튀기 기계를 싣고 뻥튀기 장사를 시작했다. 디스크 수술하고 누워 계시다가 아버지도 손을 걷고 어머니를 도왔다. 아침부터 밤까지 도시락을 쌓아 이 동네 저 동네를 돌아다녔다.

"뻥이요."

외치며 뻥튀기 장사를 했다. 퇴근해서 들어오면 아버지, 어머니에게 고소한 뻥튀기 냄새가 났다. 그 냄새가 방금 튀긴 뻥튀기처럼 달곰하고 좋았다. 그리고 언제나 너를 주기 위해서 제일 정성스럽게 튀겼다며 뻥튀기를 안겨 주셨다. 우리 행복도 뻥튀기 기계에 부풀려갔다.

"뻥이요."

멀리서 뻥튀기 차만 봐도 행복했다. 법대생이 되어 두꺼운 법전을 들고 다니다 넘어져도 반드시 옆구리에 책을 끼고 다녔다. TV에서 보던 대로 대학 캠퍼스 푸른 잔디밭에서 짜장면을 시켜 먹었다. 도서관에서 책 보는 것도 좋아했지만 잠도 많이 잤다. 간혹 침을 흘리고 자고 일어나면 메모지와 캔커피가 앞에 놓여 있었다.

'도서관은 자는 곳이 아닙니다.'

창피해서 소매로 침을 닦고 일어나 다른 도서관으로 옮겨 다니기도 했다. 도서관 의자에 껌이라도 붙여 놓은 듯 달고 다녀 장학금을 받았다. 차량 단속을 피해 뻥튀기 장사하는 부모님이 모습이 항상 가슴에 자리하고 있었다. 장학금으로 부모님의 노고를 풀어 드리고 싶었다. 명함 내밀 정도 유명한 학교 학생도 아닌데 부모님은 자랑스럽게 생각했다.

졸업 여행을 앞두고 친구들끼리 머리를 모았다. 졸업 여행을 가는 것이 아닌 다들 각자 자기만의 여행을 떠나기로 한 것이다. 다들 똑똑해서 그런지 처음 들어보는 나라 이름을 댔다.

"지은이 너는 어디를 갈래?"

친구 이야기를 신기한 듯 듣고 있다가 말했다.

"나? 나는 제주도."

말 한마디에 웃음이 터져 나왔다.

"그래 네가 혼자 제주도 가는 것도 대단하다."

해외 배낭여행을 계획하는 친구들 앞에서 제주도라니? 말하고 어이가 없었다. 집으로 돌아와서 걱정이 앞섰다.

'어쩌지 어떻게 가지? 정말 혼자서 배낭여행을 떠날 수 있을까?

책 한 권이 눈에 들어왔다. 독서를 통해 변화의 용기를 얻었다. 13만 원으로 제주도 배낭여행을 계획했다. 속 깊은 친구가 유아용 크레파스 하나를 선물로 사줬다.

"네가 좋아하는 그림을 그리면서 여행을 해봐 그럼 여행이 더 즐거워질 거야."

밤 기차를 타고 목포에 갔다. 새벽에 도착해서 날이 새기를 기다렸다가 배에 탑승했다. 배낭을 내려놓고 나오니 푸른 바다가 넘실거렸다. 바다를 보면서 이야기했다.

'어떤 이유로 나를 이곳으로 데려왔니?

바다는 끝도 없이 넘실거렸다. 과연 나는 어떤 존재일까? 물음 던지면서 제주도를 향했다. 끝이 보이지 않던 바다가 제주도 육지에 내려놓았다.

하이킹으로 제주도를 한 바퀴 돌 계획을 잡고 왔다. 자전거 예약한 곳에 전화를 걸었더니 중년의 아저씨가 10분 만에 자전거를 갖고 왔다.

"여자 혼자서 자전거로 제주도 한 바퀴 도는 건 힘들어요. 대중교통과 히치하이크 하면서 제주도 둘러보는 것을 추천해요. 아직 제주도 인심이 좋으니까요."

사춘기 이후 어른들 말이라면 더욱 잘 듣는다. 히치하이크하면서 버스를 타고 제주도를 여행했다. 사방이 어두워지자 민박집을 찾던 중 어떤 할머니가 방 찾냐고 물어보았다.

"네, 혹시 만원에 잘 수 있을까요?"

흔쾌히 허락해 주셨다. 건빵으로 저녁을 대신하고 잠들었다. 아침에 일어나니 물안개가 거친 제주도 공기는 가슴 시원했다. 신발을 신고 가방을 챙겨 나가려는데 할머니가 김밥 두 줄을 싸 주었다.

"손주가 소풍 간다고 김밥 샀는데 싼 김에 학생 것도 샀어. 가면서 먹어."

만원에 재워주신 것도 고마운데 김밥까지 챙겨주셨다. 몇 번이고 허리를 굽혀 인사하고 제주도 길을 거닐었다. 걷는 것만으로 콧노래가 절로 나왔다. 길 가다 우체부 아저씨가 타고 다니는 오토바이 히치하이크했다. 버스 아저씨도 배낭여행 하는 학생을 반갑게 맞이해주며 설명해 주셨다. 한 민박집 할머니는 꽃등심을 구워주셨다. 어둠이 찾아오자 할머니가 불렀다.

"찐 양아 무서우면 나랑 같이 잘래?"

친손녀처럼 대해 주셨다. 가는 곳마다 잠자리는 만원이었다. 만원에 재워주고 밥까지 두둑이 먹여 여행길을 보냈다. 섭지코지에 이르렀을 때 멀리서 깃발이 보였다. 신기해서 갔더니 드라마 상도를 촬영하고 있었다. 처음으로 연예인을 만났다. 꽃보다 할배의 이순재 할아버지가 앉아서 쉬고 있었다. 다가가니 이리 와서 앉으라고 반갑게 맞이해주셨다.

"여행은 젊었을 때 많이 해봐야 하는 거야. 나는 어렸을 때 왜 이런 생각을 했는지 몰라, 아무튼 젊었을 때 많은 경험을 쌓아 나중에 그것이 큰 힘이 될 테니까."

훗날 '꽃보다 할배' 여행하는 친구들에게 대하는 정겨운 모습 그대로였다. 굵직하고 깊이 있는 음성으로 인생에 대한 많은 이야기를 들려주셨다. 그 순간, 두꺼운 책 한 권이 바람결에 빠른 속도로 넘어가고 있었다.

제주도를 떠나기 전에 중학교 3학년 때 친구가 카지노에서 일한다는 소식을 들었다. 호텔 카지노에 전화를 걸어 친구 이름을 말했더니 연락이 왔다. 코스모스처럼 수줍음이 많은 친구가 카지노에 있다는 것은 놀라운 일이었다. 친구에게 물었다. 빛과 소금을 선물한 것 알고 있느냐고? 친구는 웃으며 말한다.

"원래 주는 사람은 기억을 못 하는 법이야."

사랑을 주는 사람은 있는 그대로 내어주기 때문에 기억을 못 하는 것일까? 받는 사람은 잊지 못하는 법이다. 그 사람이 사랑에 메말라 있을 경우는 더욱 깊게 느끼나 보다. 중3 나는 사랑에 몹시 메말라 있었다. 빛과 소금을 건네준 그들의 사랑으로 고치에서 나비로 변했다. 제주도 한 바퀴 돌고 다시 배에 올랐다. 갈 때는 과연 무엇 때문에 이곳을 가는 것일까? 막연했던 물음이 돌아오는 배에서 한 줄의 답이 되어 돌아왔다.

'여행이란 살아있는 책이다. 그곳이 새로운 곳이라면 더욱 그러하다.'

여행을 다녀와서 제주도 배낭여행 이야기를 라디오에 글을 썼다. 며칠 후 법학과 친구에게 전화가 왔다.

"야! 나 지금 방금 택시 탔는데 라디오에서 네 얘기가 나온 거야! 너무 흥분해서 택시 아저씨 등을 두드리면서 쟤가 나랑 같은 학교 다니는 애라고 자랑했다. 야! 너 진짜 대단하다."

글을 잘 쓴 것도 아닌데 김창완 아저씨가 다정한 목소리로 이야기를 있는 그대로 읽어 주었다. 라디오를 타고 전국에 방송이 되었다. 방송된 것도 신기했지만 글을 쓰는 용기가 어디에서 나왔는지 신기했다. 그 계기로 진심을 담으면 잘 쓰지 않아도 감동을 줄 수 있다는 것을 알게 되었다. 그리고 또 다음 여행길을 기약했다. 다음 여행은 또 어디일까?

알을 깨고 나오다

고등학교 내신은 책을 통으로 외워서 시험을 봤다. 그러나 응용력이 필요한 수능에는 실패했다. 법학과에 들어왔으니 당연히 고시를 준비하게 되었다. 신림동의 방 한 칸에 들어앉아 책을 펼쳤지만, 눈에 들어오지 않았다. 좀 더 솔직히 말하면 뒤돌아서면 다 잊어버렸다. 신림동 서점에 가서 책을 펼쳤다. 고시촌에서 합격을 다짐하고 짐을 싸서 왔는데 고흐와 테오의 일기, 그림책을 봤다. 석 달 만에 짐을 싸서 집에 왔다. 책도 집어 던지고 아무 생각 없이 지냈다.

실의에 빠진 나에게 친구가 말했다.

"아르바이트 한번 해 본래 한 달에 100만 원이야."

100만 원이라는 말에 귀가 솔깃했다. 친구 소개로 간 곳은 속독학원이었다. 사방이 책으로 둘러싸인 학원에서 아이들이 책 읽는 것을 도와주는 것이다. 아이들이 쓴 글을 읽어보고 틀린 부분을 고쳐주었다. 원장님과 실장님은 부부였고 학원 강사는 나 혼자였다. 실장님은 출근하기 전 화실에서 그림을 그리고 왔다. 어느 날 칠판만 한 크기의 캠퍼스를 학원에 걸었다. 코스모스가 휘날려 떨어질 것 같은 그림을 보고 넋을 놓았다. 모습을 지켜보던 실장님이 말했다.

"선생님도 그림을 좋아하나? 그림 걸어 놔도 관심 가져 주지 않는데 선생님은 그림을 좋아하나 보네. 나랑 같이 그림 그릴까?'

초등학교 견학 숙제로 현대미술관을 가게 되었다. 커다란 벽면에 붙어 있는 작품을 보면서

'세상에 이런 그림도 다 있구나. 나도 커서 돈을 벌게 되면 반드시 그림을 그려야겠다.'

꿈이 이루어지는 순간이었다. 실장님과 화가 선생님은 화방에 가서 직접 그림 도구를 준비해 주셨다. 캠퍼스 앞에 앉자 화가 선생님은 나를 보더니 바로 유화 그림을 시작하자고 했다. 처음으로 완성한 작품이 연꽃이다. 진흙 빛 물 위에 수줍게 오므리고 있는 연꽃, 피어나기 전의 꽃봉오리, 첫 작품을 생각하니 그때 모습과 많이 닮았다. 학사모를 던지고 대학 친구들은 저마다 자신의 길을 떠났다. 나는 그림을 그리며 책으로 둘러쌓은 학원에서 아이들을 가르치며 생활했다.

아이들이 학원에 오면 안구운동을 하고 자신이 읽고 싶은 책을 읽고 감상문을 쓴다. 아이들이 학원에 와서 가장 오랫동안 고민하는 장소가 있었다. 그것은 바로 책꽂이 앞이다.

'어떤 책을 읽을까?'

그 모습을 보고 아이 성향에 맞는 책을 권해 줘야겠다는 생각을 하게 되었다. 아이들에게 권해주기 위해서 독서를 시작했다. 학원에서 8시에 퇴근하면 12시까지 도서관에 가서 책을 읽었다. 하루는 헤르만 헤세의 데미안을 들고 도

서관에 갔다. 헤르만 헤세를 만난 데미안'알을 깨고 나온다.' 생각하며 푸른 새벽이 올 때까지 의자에 앉아 있었다. 그 뒤로 수레바퀴 아래서와 유리알의 유희를 읽고 헤세를 만나러 독일을 가야겠다고 생각했다. 그러나 현실이 발목을 잡았다. 경제적 이유로 부모님은 살던 아파트를 팔고 거미줄이 쳐있는 빌라의 축축한 반지하로 이사 갔다.

갈 길을 잃고 헤매던 중 신부님께 답답한 심정을 털어놨다.

"신부님 독일을 가고 싶은데 갈 방법이 없어요."

신부님 서재에 꽂혀 있던 책을 꺼내 주셨다.

"베로니카, 이 책을 읽어 봐요."

피라미드를 향해 걸어가는 나그네의 모습이 그려져 있는 파울료 코엘류의 '연금술사'였다. 책을 읽고 가슴에 새겨진 말이 인생의 나침판이 되었다.

가슴에 독일을 향한 꿈을 가슴에 품고 있을 때 수녀님이 쪽지를 조심스럽게 주셨다.

"베로니카, 여기 가 봐요."

네모 반듯하게 접힌 종이 위에 주소가 적혀 있었다. 그곳이 어디인지, 이유도 모른 채 갔다. 입구에 가니 인자한 성모님이 아기 예수님을 안고 계시는 성모상이 있었다. 수녀원이었다.

'수녀님이 왜 이곳에 나를 보내셨을까? 지친 내 영혼을 여기서 좀 쉬고 가고 하신 걸까?

한 달에 한 번 수녀원에 가서 영혼을 쉬고 왔다. 수녀원에서 하루를 보내기 위해 한 달을 살았다. 축축한 지하 방에서 자다가 몇 번이나 깼다. 그러나 수녀원에서는 자면 햇살 가득한 아침이 찾아왔다. 전기난로 하나 없는 방이었지만 침대는 포근하고 잠은 달콤했다.

청년 미사를 드리러 성당에 갔다가 게시판에 붙은 독일 세계청소년 대회 WYD를 봤다.

'세상에 이럴 수가! 정말 간절히 원하면 이루어지는 것인가?

머리에서 수많은 폭죽이 기적처럼 터졌다. 자세히 보니 신청 기간이 지났다. 상관없었다. 바로 전화를 해서 대기자로 신청했다. 가슴에 믿음의 불꽃 활활 타올랐다.

'나는 반드시 갈 것이다.'

전화가 왔다.

"신청서를 써서 보내 주세요."

한 달에 한 번은 수녀원에 가고 WYD 모임에 참석했다. 수녀원에서 자신의 미래를 상상해서 그려 보라고 했다. 깃발을 펼쳐 들고 많은 사람이 한 곳을 향해서 걸어가는 모습이었다. 상상하면 이루어지는 것일까? 독일에서 그림이 현실로 펼쳐지는 순간 연금술사의 기적을 경험하게 되었다. 독일에서 WYD 공식적인 행사는 끝났다. 또래 친구와 2명의 동생과 배낭여행을 계속했다. 일정은 독일을 거쳐 프랑스, 스위스 이탈리아였다. 프랑스에서 루브르 박물관에서 모나리자를 보다가 일행을 잃어버리고 한동안 국제 미아가 되었다. 또 한 번은 누군가가 등 뒤에 있는 가방을 뒤지기도 했다. 전철표를 잃어 버렸다는 이유로 30배나 되는 금액을 물기도 했다. 숙소 예약을 잘못해서 혼선을 빚기도 했다. 그러나 미술관에서 만난 고흐의 작품을 보고 초 눈처럼 뜨거운 눈물이 흘렀다. 그의 붓질을 통해 삶의 고해가 전해졌다.

몽마르트르 언덕 골목길에 이젤을 펼쳐 놓고 한 손에 팔레트를 들고 그림을 그리는 청년을 만나게 되었다. 그의 옷 여기저기에 물감이 묻었다. 그러나 아랑곳하지 않고 눈앞에 보이는 세상을 작품으로 그려냈다. 그를 방해하고 싶지 않아서 멀리서 청년의 뒷모습을 사진으로 담았다. 눈에 보이는 풍경을 자유롭게 재해석하는 화가가 되고 싶었다. 책과 영상으로 보던 세계가 눈앞에 일상처럼 펼쳐졌다. 결국 연금술사가 되어 꿈을 현실로 만들었다. 스위스로 향해 기차를 탄다. 창밖에 펼쳐지는 풍경을 보며 감탄이 절로 났다. 그러나 시간이 흐를 수도 축제 같은 감탄사가 줄어들고 마음 한구석에 잡초가 피어올랐다.

'도대체 언제까지 가야 하나?'

프랑스와 스위스 사이에서 값비싼 투덜거림을 했다. 긴 행복의 궤도 안에 있을 때 정작 행복하다는 것을 느끼지 못한다. 행복의 궤도에 벗어나 괴로움을 느낄 때 비로소 느낀다. 신의 선물은 행복과 불행을 함께 포함하고 있다는 것을 깨달았다. 아침에 프랑스에서 테제베를 타고 출발해서 저녁이 찾아왔다. 동갑인 친구가 입을 연다. 며칠 계속되는 폭우로 스위스에 들어갈 것인지? 아니면 패스하고 이탈리아로 갈 것인지 상의했다. 무조건 스위스에 간다라고 하자. 친구가 얼굴을 붉히며 말했다.

"폭우로 힘들 수도 있는데 괜찮냐?"

"참 간단하다."

성격 거울의 한 면처럼 단순하다. 친구는 깊게 고민하더니 스위스에서 내렸다. 지금 생각해보니 친구는 시비 건 것이 아니라 여자인 나를 배려해서 물어본 것이다. 그러나 친구의 마음을 읽지 않고 옹졸한 마음으로 저 녀석은 나를 진짜 미워한다고만 생각했다. 스위스 미스터리 민박집에 전화를 걸자 까만 봉고차에서 마피아처럼 생긴 대머리 아저씨가 팬티 다 보이도록 바지를 흘러 내렸다. 순간 두려움이 밀려들었다. 그는 손짓으로 봉고차에 타라고 했다.

'이걸 타야 하나?'

세 명의 큰 그림자가 봉고차에 올라탔다. 마지막 망설임을 거두고 차에 올라

탔다. 그는 상점 앞에서 장을 보라고 손가락으로 말한다. 짐을 모두 봉고차에 두고 내렸다. 순간 친구가 말했다.

"우리 가방 다 두고 내렸지?"

"응."

두려운 마음이 번개처럼 빠르게 전해졌다. 헐레벌떡 계산하고 나오니 폭우 속에 봉고차가 우리를 기다리고 있었다. 가방도 그대로 있었다. 차는 고불고불한 길을 가다 중간에 노란 머리의 두 명의 여인을 태웠다. 이상한 노래를 부르고 미친 듯이 웃었다. 뒷자리에서 몸을 쑥이고 생각했다.

'납치되었다.'

생각의 꼬리가 짙은 어둠의 색을 드러낼 때 통나무 집 앞에 우리를 내려놓고 이층집으로 안내를 한다. 4명이 잘 수 있는 침대가 있었다. 우리는 각자의 침대에 짐을 풀어놓고 굶주린 배를 빵으로 채우고 잠들었다. 잠들면서 기도했다.

'제발 살려주세요.'

눈을 뜨고 창밖의 풍경을 바라봤다. 이럴 수가 이곳은 사람이 사는 곳이 아니었다.

'내가 천국에 왔구나.'

손을 들어 볼 따귀를 때렸다. 볼에 통증이 느껴졌다. 멀리서 바라보던 친구가 말했다.

"너 미쳤나?"

"여기가 어디냐?"

"얘, 또 왜 이러냐! 스위스잖아. 얼빠진 소리 그만하고 밥이나 해봐."

"밥? 어떻게 하는 건데?"

"넌 20살이 넘도록 밥 한 번 안 해 봤나!"

"응, 밥은 엄마가 해주는데 왜 내가 밥을 해 먹냐!"

밥할 사람은 나밖에 없는데 왜 그렇게 투명하게 말했을까? 봉지에 있는 쌀을 다 넣고 물을 부었다.

그리고 옆방 여행객과 쑥덕쑥덕 이야기꽃을 피웠다. 얼마의 시간이 흘렀을까? 밥 탄 냄새가 났다. 뚜껑을 열어보니 검은색 마블링이 밥 끝까지 회오리로 돌려 감고 있었다. 급기야 친구가 나를 향해 얼굴을 붉히면서 말한다.

"야! 넌 도대체 여기 왜 왔냐! 아무것도 못 하고 필요도 없는데 여기 왜 왔어!"

그때 얼마나 흥분했던지 사람이 화가 나면 다 익어 물러 터져버리는 토마토처럼 빨갛게 될 수 있구나 싶었다. 마음속으로 웃음을 꾹꾹 눌러가며 친구의 별명을 지었다.

'사악한 사마귀'

사마귀는 눈에 피를 흘리며 탄 밥을 목구멍으로 쑤셔 넣었다. 나머지 동생들도 할 수 없이 따라 먹었다. 덩달아 나도 같이 씹어 먹었다. 그리고 다시는 부엌과 관련된 일을 시키지 않았다. 한 명의 동생은 감기로 이불을 뒤집어쓰고 침대에 누웠다. 나머지 세 사람은 아침밥을 먹고 나왔다. 어릴 때 보았던 주말의 명화 첫 한 장면이 눈앞에 펼쳐졌다. 별을 둘러싼 산봉우리가 위엄 있게 펼쳐졌다. 불과 어제까지 10년 만의 폭우로 철도가 탈선될 정도로 잠겼는데 우리가 도착한 이후 폭우가 멈추었다. 말 그대로 스위스의 장관이 병풍처럼 눈앞에 펼쳐졌다. 모두 넋을 잃고 자연에 경이로움에 빠져들었다. 그 순간 신과 마주했다고 하면 설명이 될까? 신에게 말했다.

'세상에 이렇게 미천하고 보잘것없는 사람에게 이렇게 큰 선물을 주시나요? 제가 받아도 되는 것입니까?'

스위스에 벅찬 감상에 젖어 있던 우리를 현실로 마피아 아저씨가 소환했다.

마피아 아저씨가 무슨 말을 하는지 모르지만, 친구는 알아듣고 오케이 했다.

"뭐라고 그런 거야?"

매우 귀찮은 듯이 귓구멍을 파면서 말했다.

"인터라켄에서 자전거를 타고 오래 그러면 맥주를 선물로 주겠데."

그는 우리를 처음 만났던 곳에서 내려줬다. 자전거를 빌리는데 또 논쟁이 시작된다.

"나도 자전거 타고 갈래."

"시끄러워 넌 그냥 버스 타고 올라가! 절대 안 돼!"

자전거를 탄다. 안 된다. 싸움이 시작되었다.

"그럼 어느 정도까지만 자전거를 빌려줄 테니 네가 타고 가라 그러나 힘들면 중간에 너는 버스를 타고 가는 것이다."

친구 말을 듣기 잘했다. 인터라켄에서 민박집까지 자전거를 타고 올라가는 일은 제주도 한라산을 자전거로 올라가는 일보다 어려웠다. 숨이 목구멍까지 차올랐을 때 지나가는 버스를 타고 민박집 앞에서 내렸다. 나머지 두 명의 스위스 하이킹은 오후가 되어서 끝이 났다. 동생이 나를 보더니 말했다.

"누나 노란 액이 다 나올 정도였어요. 누나 버스 타고 가길 진짜 잘했어요."

"야! 너 버스는 어떻게 탔냐? 돈은 제대로 냈냐? 제대로 내렸냐 아니면 한 정거장 더 가서 내렸냐!"

"제대로 내렸어,"

"할 줄 아는 것도 있었네."

자전거 두 대를 타고 올라오자 마피아 아저씨는 맥주 2캔을 선물로 줬다. 한 캔은 동생 두 명이 나누어 먹고, 친구인 몫인 맥주는 내 손에 들어왔다. 홀짝홀

짝 마시다 맥주 한 캔을 다 비워버렸다. 취기가 올라왔다. 머리에 꽃을 꽂고 스위스의 들판에서 야후를 지르며 뒹굴었다. 스위스의 동막골 여인이 나타났다. 누구도 말리지 않고 혀를 차며 바라봤다. 다음 날 스위스에서 융프라우를 갈 것인가에 관해서 의논했다. 융프라우 가려면 100유로는 있어야 하는데 주머니가 넉넉하지 않아 모두의 만장일치로 스위스 여행을 마무리했다. 민박집을 나서려는데 아저씨가 한국어로 써놓은 시와 명언들이 눈에 들어왔다. 생김새는 마피아였지만 가슴에는 나팔을 부른 천사가 들어 있었다. 마피아 아저씨와 헤어지면서 사진을 찍고 힘껏 안았다. 마피아 아저씨는 팬티가 보이도록 흘러내린 청바지를 올리고 2층으로 올라갔다.

사람은 보이는 것이 아닌 겪어 봐야 안다는 사실을 깨닫게 해주었다. 스위스의 기적이 온몸으로 느끼고 우리는 르네상스의 꽃 이탈리아로 갔다. 르네상스의 중심지 피렌체에서 우피치 미술관을 가게 되었다. 교원대를 다니고 있던 동생이 나에게 물었다.

"누나는 그림을 그린다면서요. 그러니까 작품 설명 좀 해 주세요."

"그런 것 없어 눈과 가슴으로 보면 돼."

괜히 말 걸었다는 표정으로 작품 감상을 한다. 그 뒤로 무거운 침묵이 계속된다. 선머슴처럼 투박한 성격이라 다정다감과는 거리가 멀었다. 둘째 날 또래 여자 친구가 들어왔다. 그녀의 이름은 이진희, 혼자서 세계여행을 하는 중이라고 했다. 키도 작고 오밀조밀하게 예쁘게 생겼는데 용기 하나는 잔 다르크다. 이집트를 거쳐 혼자 여행했던 이야기를 밤이 새도록 이야기해줬다. 다음날 베네치아를 갈 거라고 말했다.

"베네치아에서 바람과 태양, 빛, 바다의 향기를 꼭 느껴봐."

잔 다르크 진희 말대로 베네치아에 도착하니 바람과 태양, 빛, 바다의 향기가 넘실거렸다. 어떤 도시보다 매혹적이고 강렬하게 유혹했다. 도시 전체가 퇴폐적 낭만주의의 작품을 보는듯했다. 강렬한 베네치아에서 처음으로 넷이 사진을 찍었다, 사진을 보니 각자의 성격에 맞은 색색의 옷을 입었다. 검은색 대성이, 빨간색 철용이 하늘색 정인이, 주황색 입은 나. 베네치아의 유혹은 2시간 만에 끝이 났다. 짧지만 강력했던 베네치아였다.

'나는 너를 만나기 위해 언제가 다시 오리라.'

약속하고 뒤돌아섰다.

아시시를 거쳐 모든 길을 로마로 통한다. 로마로 갔다. 로마에서는 관광지가 아닌 휴식을 하듯이 편하게 시간을 보냈다. 친구는 매일 아는 신부님과 만남을 주선했다. 덕분에 매일 돌아가며 동냥하듯 밥을 얻어먹었다. 로마의 밤거리는 매우 위험한 편인데 3명의 키 큰 남정네와 다니니 무서울 게 없었다. 생김새는 어떠한가? 뺏으러 오다가도 다시 도망갈 인상이다. 콜로세움 앞에서 사진을 찍다가 민소매로 드러난 근육을 보고 두 명의 동생들이 다가와 묻는다.

"누나 어떻게 여자가 알통이 이렇게 커요. 알통 나오는 방법 알려 주세요."

"응, 나 합기도와 유도했어."

그러자 두 명의 동생이 나를 향해 고개를 숙인다.

"앞으로 형이라고 부를게요. 형."

쓸데없이 발달한 알통으로 형이 되었다. 누나라는 말보다 형이라는 말이 더 편했다. 여행의 즐거움은 여행 안에 있을 때 모른다. 여행의 궤도를 밖으로 나와 알게 된다.

7월에 떠나 집에 오니 한 계절이 바뀌었다. 아침에 눈을 뜨니 눈물이 그대로 흘러내렸다. 2005년 배낭여행이 '한여름 밤의 꿈'처럼 사라져 버렸다. 현실로 돌아오기까지 많은 시간이 걸렸다. 내일이면 또다시 로마의 어느 길목에서 4명의 그림자가 걸어가고 있을 것 같았다. 미운 정도 정이라고 친구와 그렇게 싸우더니 힘들 때면 핸드폰을 들고 전화를 걸어 성경 구절을 말해 달라고 한다. 친구는 적절한 성경 말씀을 들려준다. 친구의 아내와 아이들이 과자를 가득 들고 찾아온다. 아이들은 놀고 지난 일에 대해서 웃으며 말한다. 진실한 친구는 100%로 아닌 130% 믿음으로 사귀라고 했다. 100%의 믿음과 30%는 친구가 실수했을 때 포용해 줄 힘이라고 했다. 친구는 130%보다 더 깊은 믿음으로 감싸준다.

'항상 고맙다 친구야.'

20대를 보내며

　여행의 여독을 풀기 위해 서점으로 달려갔다. 하얀 표지의 파트리크 쥐스킨트 '향수'가 유혹했다. 책을 펼치는 순간 머리에 프랑스의 골목이 그림처럼 펼쳐졌다. 종이 위의 잉크로 새겨진 문자의 힘이 위대한 것을 깨닫는다. 괴테의 '이탈리아 여행'을 읽고 눈과 머리로 여행을 했다. 결국 괴테와 사랑에 빠진다. 예술이란 보고 만지는 것이 아니라 문자를 통해 느낄 수 있다. '파우스트'는 문장이 작품이었다. 한 권의 책을 읽으며 연습장 한 권에 옮겨 적었다.

　그동안 그림은 누군가 찍은 사진을 보며 그림을 그렸다. 자신의 작품으로 가져오기 힘들었다. 그러나 여행 후 작품이 달라졌다. 보고 경험한 것을 그림으로 그리기 시작했다. 프랑스 몽마르트르 언덕의 여행자, 물의 도시 베네치아, 로마의 광장, 이야기 있는 그림이 되었다. 박인희 선생님과 손잡고 전시회에 그림을 걸었다. 공모전에서 입선했다. 인생이 작품이었다. 아이들을 가르치면서 독서와 그림에 초록빛 물이 든다.

　예상하지 못한 건강에 이상이 생겨 모든 것을 중단하고 집에 있게 된다. 밥만 먹고 누워만 있어도 살이 빠졌다. 키 164cm 몸무게 45kg이었다. 답답한 마음을 달래기 위해 엄마가 벗어 놓은 연보라색 고무신을 신고 뒷산 올랐다. 나무 의자에 기대앉았다. 초록빛 나무 사이로 햇살이 비친다. 눈을 감는다. 나뭇잎 바람이 기분 좋게 넘실거린다. 바람을 타고 자연의 향기와 새소리가 들려온다. 바위처럼 불안했던 무거운 마음이 고요해진다.

　이웃분이 아이들을 모아서 독서와 글쓰기를 가르쳐 달라고 했다. 마음의 여유를 갖고 동네 꼬마들과 앉아 하루에 1시간씩 책 읽으며 놀았다. 처음 온 분홍빛 차분한 아이가 고개를 들지 못하고 있었다. 그런데 어느새 품에 들어와 앉아 종달새처럼 쫑알쫑알 학교에 있었던 일들을 이야기했다. 노란 코도 닦아 주고 동네 아이들의 골목대장이 되었다. 혼자 있을 때보다 올망졸망한 아이들과 있으니 숨이 편하게 쉬어졌다. 아이들과 놀면서 등산하러 다니며 체력을 키워갔다. 전화벨이 울려 전화를 받았다. 선생님 소개로 연락처를 받았다고 했다. 입시학원 원장인데 국어 선생님 자리가 비게 되어 학원 그 자리에 오면 좋겠다고 했다. 부탁을 받고 고민을 했다. 부모님께 말씀드리니 거리도 가깝고 시간도 적당하니 시작해보라고 했다.

　국어 선생님이 되어서 아이들을 가르치기 시작했다. 스포츠머리에 얼굴색이 까만 안경 쓴 남학생이 나를 외국인 줄 알았고 했다. 키도 크고 얼굴 윤곽도 외국 사람 같다고 했다. 더욱 결정적인 것은 발음이 안 좋았다는 것이다. 책을 읽으면서 수업하는 국어 시간, 발음이 안 좋아 이해하기가 어려웠다고 했다. 세상에는 혀가 짧은 사람, 혀가 적당한 사람, 혀가 긴 사람이 있는데 나는 그중에서 혀가 턱까지 내려오는 사람이다. 혀가 짧은 사람보다 긴 사람의 발음이 더 안 좋다. 국어 선생님이라 아이들을 위해 책을 읽으며 발음 연습했다. 아이들에게 발음에 대한 칭찬을 받았다. 선생님인지 친구인지 아이들과 동고동락했다. 시험이 끝나는 날이면 아이들은 집으로 달려왔다.

"선생님, 치킨 사 주세요."

철부지 같은 아이들은 그림 전시회 붉은 장미꽃 다발을 들고 찾아 왔다.

아이들에게 물었다.

"왜 자꾸 나를 쫓아다녀?"

"선생님 같지 않고 친구 같아서요. 좀 더 솔직하게 말하면 저희가 돌봐 줘야 할 것 같은 어린애 같아서요."

아이들은 보호자 역할을 해주었다. 한 학생은 고등학교 졸업 후 대만에서 엽서를 보냈다. 멀리 있어도 언제나 선생님을 위해 기도한다고 했다. 그리고 언제까지나 철들지 않은 어른으로 살아 달라고 했다. 철들지 않은 학원 선생님에게 20대 마지막이 29살이 찾아왔다.

다이어리를 펼치고 20대 29살 도전을 적었다. 볼링점수 35점 극복하기, 써놓고 볼링장을 찾았다. 가는 날이 장날이라고 문이 닫혀 있었다. 뒤돌아서 나오려는데 어디선가 음악 소리가 났다. 음악에 이끌려 문을 열고 들어가니 앵무새의 다양한 색상의 옷을 입고 동전 모양 딸랑이를 달고 엉덩이를 흔들었다. 알고 보니 벨리 댄스 문화센터였다. 한 달에 만 원이라는 비용에 바로 등록을 했다. 가슴 가리개와 롱스커트를 입고 허리에 소리 나는 벨트를 차고 엉덩이를 흔들었다. 음치 몸치 눈치 삼박자를 제대로 갖춘 삼치가 춤을 추기 시작했다. 말뚝박기하던 아이였다. 합기도로 날아다녔고 유도의 한판 업어치기의 쾌감을 느꼈던 커트 머리 소녀였다. 고등학교 때는 모래판에서 샅바를 잡고 다리 걸기 했던 여학생이었다. 그런데 20대 마지막 29살에 춤을 추기 시작했다. 한

판승을 노리던 여학생이 코브라처럼 온몸을 비틀이며 춤췄다. 교실 앞에 나가 리코더 하나 못 부르던 아이가 축제 무대에 올라 음악에 맞춰 몸을 흔들었다.

벨리 댄스를 배우고 언니들이 의상이 눈에 들어오기 시작했다. 여성스러운 언니들의 모습을 보고 나도 꾸며 봐야겠다는 생각이 들기 시작했다. 대학생 때부터 입던 검은 휘장 같은 바바리를 분리수거함 통에 넣어 버렸다. 소매에 레이스가 달린 블라우스를 사 입었다. 미용실에 가서 머리도 했다. 화장하고 향수도 사서 제법 여자처럼 하고 다녔다. 바지보다는 치마가 더 어울리기 시작했다. 치마를 입고 10cm의 높은 구두도 신었다. 여자의 변신은 무죄다.

아픈 사람은 아픈 사람을 알아본다고 했던가? 그림을 그리면서 라디오를 들었다. 라디오가 친구가 되었을 때 라디오 디제이가 힘들어하는 모습을 보게 되었다. 그 모습을 보고 내가 힘들었던 과거를 회상하게 되었다. 그녀에게 힘을 주고 싶었다. 또박또박 손편지를 써서 방송국에 보냈다. 그리고 잊고 있었다. 학원에서 수업 준비를 하고 있을 때였다. 처음 보는 번호로 전화가 왔다.

"안녕하세요. 박지은 씨죠?"

"네, 그렇습니다."

"저는 최화정 매니저입니다. 얼마 전에 보내 주신 편지를 읽으시고 꼭 만나고 싶어 하십니다. 이번 연극에 초대하고 싶은데 혹시 오실 수 있나요? 가능하면 부모님과 함께 뵐 수 있을까요?"

"저야 영광이죠."

"제가 더 감사합니다."

전화를 끊고 한동안 멍하니 벽을 바라보고 있었다.

'이렇게도 사람이 인연을 맺을 수 있구나.'

부모님께 말씀드렸다.

"정말 기쁜 일이구나, 그런데 일이 많아 갈 수 없으니 친구랑 갔다 오렴."

대학 친구에게 전화를 걸었다.

"연극에 초대 받았는데 같이 가자."

"내가 가도 되는 거야? 고맙다."

연극가 근처에 있는 빵집에 들어서니 각양각색의 쿠키와 빵들이 놓여 있었다. 거기서 달콤한 생크림에 과일이 얹어 있는 케이크를 샀다. 태어나 처음으로 보는 연극, 공연장에 사람들도 가득 있었다. 내 번호는 VIP 자석이었다. 연극이 시작되고 리타 길들이기가 시작되었다. TV 방송으로 보던 연예인이 바로 눈앞에서 인형처럼 움직였다.

'이런 세상도 다 있었구나.'

연극이 끝나자 매니저가 와서 대기실로 안내했다. 그곳에 나를 한 아름 안겨 주는 연예인이 있었다. 마치 바비 인형처럼 살아서 움직이는 것 같았다. 얼떨결에 안았는데 조금 힘주면 으스러질 것처럼 가냘팠다. 처음 보는 얼굴인데 마치 몇 년 동안 옆집에 살던 언니처럼 다정다감하게 팔짱을 끼고 이야기를 나누었다. 다행이었다. 그녀가 행복해 보여서 좋았다.

"고맙다는 말을 직접 얼굴 보고 하고 싶어서 초대했어요. 여기까지 와 줘서 정말 고마워요. 꼭 부모님과 함께 만나 뵙고 싶었어요. 이런 딸을 키워 주셔서 고맙다는 말을 전하고 싶었어요."

쑥스러워 고개를 푹 숙이고 인사를 받았다. 사진을 찍고 바쁜 그녀를 배려해서 친구와 나왔다.

"어쩜 너는 재주도 많다. 이런 자리를 다 만들고 대단하다. 대단해."

친구와 나는 29살의 마지막을 정리하며 30대를 어떻게 살 것인지 연습장을 펼쳐 놓고 이야기를 시작했다. 내가 먼저 말을 꺼냈다.

"30살, 나는 캐나다로 유학을 하러 갈래. 영어도 배우고 문화를 경험하고 싶어."

"그래? 나는 회사에서 맡은 자리가 커서 벗어날 수 없어. 꿈을 꾸는 네가 부러울 뿐이야."

친구는 이미 대학을 졸업하고 일본을 건너가 유학 생활을 했다. 그리고 한 달의 절반 이상을 해외에서 시간을 보냈다. 사람의 인생이 어떻게 이렇게 달라질 수가 있을까? 직장의 현실에서 벗어나지 못한다고 고민했던 친구는 캐나다로 유학을 떠났다. 공부를 마치고 유럽을 한 바퀴 돌고 돌아온 그녀에게 제일 먼저 달려가 청첩장을 안겨 주었다.

행복을 꿈꾸며

친척 동생의 혼사가 이야기가 나오자 부모님 마음은 성급해졌다.

"30살인데 집에만 있지 말고 누군가를 만나야 하지 않겠냐?"

'30살까지 집에 붙들어 놓은 고삐를 갑자기 풀어 주신다니?'

뒷산을 올라 생각에 잠긴다.

'일단 부모님이 원하시는 선을 보면서 유학을 준비하자.'

선은 일주일에 한 번 또는 두 번씩 있을 때도 있었다. 계속되는 새로운 만남으로 30분 만에 일어나기도 했다. 반복적으로 선만 보다 시간을 보내고 있을 때 아버지 농장 일을 하시다 배 봉지 작업하며 어떤 분과 대화를 나누었다.

"우리 아들이 있는데 아들은 배를 3000장도 싸요."

"아들이 무슨 일을 하는데요?"

"대학원생인데 공부하면서 집안일도 도와줘요. 착실해요."

"저한테도 딸이 있는데 한번 만나게 해 볼까요?"

"대학원생인데 괜찮겠어요? 그냥 우리 아들은 애아버지처럼 생겼어요."

"우리 딸은 고모를 많이 닮았어요."

이렇게 말이 오가다 전화가 왔다.

"오늘 만나요."

"네? 오늘이요? 네, 그러죠."

청년 미사를 드리고 8시에 만나기로 했다. 대학원생이니 편하게 청바지에 모자를 쓰고 나가려다 하얀 블라우스와 체크 치마로 갈아입었다. 성당 옆 예식장 앞으로 가니 연식이 오래된 낡은 하얀색 무쏘 차가 서 있었다. 차를 둘러보고 있는데 뒤에서 청바지와 파란 티셔츠를 입고 머리를 짧게 깎은 안경 쓴 남자가 나타났다. 첫인상이 새마을 운동 청년회장 같았다. 장소를 이동하기 위해 차에 올라타려고 하니 발판이 깨져서 발을 디딜 수 없었다. 차 안에서 장마철 신발장 냄새가 가득했다. 희뿌연 먼지가 차곡차곡 내려앉은 차를 타고 인적이 드문 커피숍 앞에서 내렸다. 바로 파인애플 주문했다. 그는 오랜 시간 메뉴판을 들여다보다 망고주스를 시켰다. 주문한 주스가 나오자 5분 만에 한 컵을 시원하게 다 마셨다. 그는 놀란 개구리처럼 눈을 크게 뜨고 말했다.

"파인애플 주스 안 시켰으면 큰일 날 뻔했네요. 제 망고주스를 덜어 드릴까요?"

"아니요."

금방 일어서고 싶은 마음에 주스를 빨리 마신 것을 눈치채지 못했다.

"저는 대학원생입니다. 선을 보라고 어머니께서 말씀하셨는데 대학원생인데 누가 만나겠어요.

처음에는 거절했는데 어머님 부탁이라 이렇게 연락을 드렸습니다."

"네."

그는 자신의 이야기를 2시간 동안 늘어놓았다. 말이 많아 보이지는 않는데 침을 튀기며 말했다.

"저는 대학원생인데 연구소에서 일하고 있습니다. 낮에는 교수님 밑에서 연구원 일을 하고 새벽까지 공부합니다. 잠은 책상에서 주로 잡니다."

저 사람 말이 진실이라면 우리나라의 아인슈타인 되겠구나 싶었다. 2시간 동안의 자서전 같은 이야기를 듣고 집에 갔다. 나이는 동갑인데 나보다 10살 많게 느껴졌다. 외모도 딱 애아버지처럼 생겼다. 집에 돌아와 잠자리에 누워 생각했다.

'저 사람 좀 부끄럽겠다. 어떻게 자기 자랑을 2시간 동안 입에 침도 안 발라가며 할까?'

아니라 다를까 다음 날 전화가 왔다.

"어제 너무 제 자랑만 했죠. 생각해 보니 부끄럽네요."

"괜찮아요."

하고 전화를 끊었다. 그리고 다시 전화가 왔다.

"또 만날까요?"

"네."

호기심이 생겨 대학원생과 만남이 계속되었다. 자동차 발판은 여전히 너덜거렸다. 스커트를 입고 타기 어려웠다. 두 번째 만나서 데려간 곳이 바닷가 우럭 축제였다. 바람도 불어 치마가 깃발처럼 춤을 추었다. 치마를 붙잡고 걷는데 울퉁불퉁 자갈길에 10cm 구두 굽이 쑥쑥 빠졌다. 그는 고기 배처럼 생긴 진흙 빛 유람선을 타자고 했다. 유람선이 아닌 유령선을 타고 싶지 않았다. 근처에 커피숍이라도 있다면 들어가고 싶었는데 그 흔한 커피숍도 없었다. 알록달록 천막을 쳐놓고 주황색 전구를 달아놓은 포장마차만 즐비하게 늘어져 있었다. 할 수 없이 포장마차 집으로 들어갔다. 자갈밭에 플라스틱 둥그런 탁자에 앉아 파전을 시켰다. 파와 밀가루로 지진 파전의 맛도 못 느꼈다. 서둘러 먹고 집에 가고 싶다고 했다. 그는 차에 올라타 운전대를 잡았다. 운전하는 그는 앞을 보고 운전하는 것이 아닌 옆에 앉은 나를 보고 운전을 했다. 헤어지고 전화가 왔다.

"죄송해요. 다음 주에는 친구 결혼식이 있어서 오후 1시에 만나야겠어요. 괜찮으세요?"

"오후 1시에 만나는 게 어때서요?"

"아, 원래는 아침 9시부터 만나려고 했거든요."

세 번째는 오후 1시에 만나 인적이 드문 바닷가로 데리고 갔다. 트렁크에서 삽과 양동이, 소금 통을 들고 나왔다. 양동이를 내려놓고 땀을 흘리며 삽질을 했다. 구멍에 소금을 집어넣으라고 했다. 길쭉한 조개가 고개를 쑥 내밀었다. 그때 잡아당기라고 했다. 길쭉한 조개가 물을 뿜어냈다. 데이트가 아닌 삶의 체험현장이었다. 그가 시키는 대로 하고 허리를 펴니 양동이 반이 잠기도록 잡았다. 2시간이 빠르게 흘러갔다. 모래밭은 평평한 곳이 없이 삽으로 뒤집혀 있었다.

'여기까지 와서 왜 이런 일을 하고 있을까?'

배도 고프고 그만하겠다고 말하니 삼계탕과 삼겹살을 해주겠다고 했다.

'바다와 모래밭 밖에 안 보이는 곳에서 무슨 삼계탕에 삼겹살이란 말인가?'

차를 세워둔 곳으로 가더니 트렁크에서 각가지 살림을 꺼내 들고 자리를 폈다. 닭을 냄비에 넣고 대추와 양파 인삼을 넣고 팔팔 삶았다. 옆에는 불판에 삼겹살을 올리면서 구워 주었다. 얼굴은 땀과 모래로 범벅이 되었다. 삼계탕, 삼겹살, 좋아하지 않았다. 먹을 것이 그것밖에 없어 목구멍에 밀어 넣었다. 소금물에 절인 손으로 땀을 흘린 덕분에 간이 잘 되었다. 바람이 불어오자 영화의 한 장면이 펼쳐졌다. 바닷가 소나무밭에서 쇼스타코비치 왈츠가 귀가에서 맴돌았다. 30살, 대학 엠티에서 느껴보지 못했던 감정이 일기 시작했다. 부모님은 매일 물어보았다.

"누구를 만났냐? 무엇을 했냐?"

찰거머리 같은 관심이 부담스러워 비밀로 했다. 말하면 민들레꽃씨처럼 허공으로 날아 가버릴 것 같았다.

학원은 10시 30분에 끝났다. 그는 먼 거리를 달려와 근처 운동장에서 배드민턴을 치고 헤어졌다. 주머니 사정이 여의치 않아 커피숍의 만남보다는 도서관과 산책을 즐겼다. 종교가 없던 사람이 함께 성당을 다니겠다고 했다. 주일에는 미사를 드리고 세례를 받기로 했다.

'천주교 종교를 갖게 된 이유가 무엇입니까?'

설문지를 작성했을 때는 그는 이렇게 적었다.

'색시를 만나기 위해서'

그는 내가 가는 곳을 따라다녔다.

아침 미사를 드리고 점심을 먹을 때 그가 미안한 말투로 조심스럽게 말을 꺼냈다.

"죄송한데 집에 갔다가 다시 만나도 될까요? 부모님이 배추밭에서 작업 중인데 도와 드리고 와야 편할 것 같아요."

그의 말이 마음을 흔들었다.

'요즘 같은 세상에 부모에 대해 효성이 저렇게 깊은 사람이 다 있을까? 저런 사람이라면 평생 존경하는 남편으로, 존경하는 아이들의 아버지로 살 수 있겠

다,'

만난 지 6개월 만에 상견례를 하고 바로 결혼 준비를 했다. 준비하며 다투지 않았다. 몸이 약한 나를 언제나 세심하게 배려해 주었다. 양가 부모님도 믿고 맡겼다.

청년 시절을 보낸 성당에서 혼배미사를 드렸다. 신혼여행 다녀온 후 신부님께서 집으로 오셔서 축성해주셨다.

"베로니카, 지금의 행복을 충분히 누리세요. 살다 보면 힘든 일도 있는데 그때, 지금의 행복이 버틸 힘이 될 거예요."

신혼의 달콤함에 빠져 있을 때 신부님의 의미심장한 말을 이해하지 못했다. 신혼생활 1년이 지나자 신부님께 울며 전화하며 기도를 부탁했다.

많은 사람이 결혼에 여러 가지 조건을 단다. 우리의 결혼에는 조건이 있었을까? 성당을 함께 다니는 것이 조건이었다면 그는 나랑 결혼했을까? 아니다. 그는 나랑 함께 하는 곳이라면 어디든지 갈 거라고 했다. 신앙이 없던 그가 매주 성당에서 손을 모으고 기도했다. 풀잎에 이슬이 내려앉듯 자연스럽게 물들었다. 나도 그에게 물들었다. 가난함에 감사하며 정직하게 사는 삶에 물들었다. 그를 세상에서 가장 존경하는 아내가 되었다. 우리는 걸어가면서도 자연스럽게 손을 잡고 서로를 바라보며 웃는다. 조건 없는 설렘, 8년이 지난 지금도 그를 향한 두근거림은 계속되고 있다.

제2부
천사를 만나다

첫 아이의 임신

결혼하고 빚이 생겼다. 둘이 벌어 절약하면서 빚을 갚아 갔다. 마트에서 양말 하나도 살까 말까 망설이다 결국에는 내려놓고 구멍 난 양말을 바느질해서 신었다. 그런데도 같은 공간에서 산다는 것이 솜사탕처럼 달콤했다. 때론 견해의 차이로 다투기도 했다. 학원은 밤 10시가 넘어 끝났다. 버스가 끊긴 시간 신랑은 보이지 않고 전화도 받지 않았다. 밤은 더 깊어지고 있었다. 칠흑같이 어두운 밤거리를 걸었다. 뒤늦게 신랑에게 전화가 왔다.

"깜박 잊고 잠들어 미안해."

'어떻게 깜박할 수 있을까?'

속이 상해서 가로 등불 하나 없는 길을 열을 뿜어내며 걸었다. 얼마의 시간이 흐르자 쌍라이트를 켜고 신랑이 왔다. 차에서 내려 미안하다고 타라고 하는데 모른 척 계속 걸어갔다. 그날의 해프닝은 짧게 끝났지만 어두운 밤길을 혼자서 걸었던 생각을 하면 지금도 아찔하다.

겨울이 가고 개나리꽃이 활짝 피는 봄이 찾아왔다. 신혼생활도 봄처럼 따스했다. 그리고 여름휴가가 코앞으로 다가왔다. 여름휴가를 어떻게 보낼까? 여행을 가자고 했다. 신랑은 그 돈 있으면 한 푼이라도 아껴서 빚을 갚자고 했다. 결혼하고 아이가 생기면 여행을 못 간다고 선배들이 조언을 듣고 제주도를 예약했다. 신랑한테 말하니 정색했다.

"지금 상황에 여행을 가면 즐거울까?"

"즐거운 마음으로 한 번 갔다 오자."

여름휴가를 앞두고 생전 하지 않은 염색을 하러 미용실에 갔다. 문이 닫혀 있었다.

'왜 문이 닫혀 있을까? 염색하지 말라는 신의 말일까?

머리하나 하는데 왜 이런 생각을 했을까? 신의 말을 무시하고 두 번째 걸음을 했을 때 미용실 문이 열려 있었다.

"비싼 거하고 싼 거 있는데 어떤 거로 해드릴까요?"

"싼 거로 해주세요."

미용실에서 염색도 하고 머리를 단정하게 자르고 신랑에게 보여 주니 낯빛이 어두웠다.

"예전이 더 나은 것 같아."

돈 쓰고 안 예쁘다는 말을 들었다. 티격태격하다 트렁크를 들고 제주도 여행을 떠났다. 대학교 졸업 여행을 앞두고 혼자 배를 타고 갔던 제주도는 하루가 걸렸는데 비행기를 타니 눈 깜짝할 사이에 도착했다. 공항에 내리는 공기가 바다를 품고 있었다. 렌터카를 빌려 한라산으로 갔다. 비가 내려서 그런지 한라산은 안개로 촉촉한 습기가 가득했다. 그런데도 산을 올랐다. 매일 산책하던 습관이 있어서 힘들지 않게 산에 올랐다. 통제가 되지 않은 곳까지 올라갔다. 구름이 눈앞을 지나갔다. 또 다른 구름이 나를 향해 오고 있었다. 손오공이 되어 구름을 타고 놀았다. 숨을 크게 들여 마시고 내 쉬었다. 온몸 구석구석이 정화되었다. 신랑도 덩달아 손오공 놀이를 했다. 다음 날 아침부터 아스팔트에 아지랑이가 피어올랐다. 제주도는 시루떡을 올려놓은 것처럼 푹푹 졌다. 그것도 모르고 올레길 탐방을 했다. 걷고 또 걸었다. 중간에 포기하고 싶었지만, 마지막 점을 기대하고 걸었다. 그런데 인생이라는 것이 마지막 점을 찍는 것이 중요한 것이 아닌 과정이 중요하다는 것을 깨달았다. 올레길 마지막 점은 너무도 허무하게 끝이 났다.

"겨우 이걸 보자고 이 더위에 걸어왔어? 당했다 당했어."

너무 기대했던 탓일까? 그날 뉴스에서 제주도 폭염주의보가 발령되었다는 것을 접했다. 올레길 투어가 끝나고 신랑은 장난감처럼 생긴 스노클링을 저렴한 가격에 사 왔다. 자동차로 다니다 아름다운 해변이 나오면 바로 내려서 바다로 뛰어들었다. 대신 밥은 숙소에서 라면과 쌀밥으로 궁색하게 먹었다. 제주도 식당에서 비싼 돈을 주고 밥 먹기 겁이 났다. 그래도 둘은 어린아이처럼 좋아했다. 여행 오기 전날 미용실에서 염색한 물은 여행 내내 머리를 감아도 빠져나왔다. 머리를 감고 나오면서 신랑한테 말했다.

"다시는 염색하지 말아야 하겠어. 자꾸 염색약이 흘러나와."

이상했다. 일주일이 되도록 염색약이 계속 수건에 묻어 나왔다. 미역처럼 부드럽던 머리카락이 뻣뻣하게 변했다.

여름의 휴가 끝났는데 생리가 없었다. 신랑한테 말했더니 테스트를 해보라고 했다. 화장실에서 테스트하고 보니 한 줄이었다.

'이번에도 아니다.'

문 앞에 두고 샤워를 하고 쓰레기통에 버리려고 보니 희미하게 한 줄이 생겨 두 줄이 되었다. 너무도 희미해서 잘못된 것인지 알았다. 병원에 가면 진료비가 비싸다는 것을 들어서 보건소로 갔다. 보건소에서 임신이라고 말했다. 지정병원에 가서 진료를 받으라고 했다. 거기에 가면 5회차까지는 무료라고 했다. 한 푼이라도 아껴야 하는 상황이라 거리가 멀지만, 지정병원으로 다녔다. 개월수로 엽산을 먹을 때가 되었지만 의사는 엽산을 먹지 않아도 된다고 했다.

　임신했지만 임신 전보다 더 말랐다. 입덧이 심해서 더는 학원에 다닐 수가 없었다. 친정어머니는 입덧도 모르고 살았다고 하셨는데 왜 나는 입덧을 할까? 세상에 시어머니와 똑같이 입덧하는 며느리가 있을까? 시어머니께서 남매 셋을 낳았는데 목에서 피가 나오도록 입덧을 하셨다. 시어머니 말처럼 목에서 선지 덩어리가 나오도록 입덧을 했다. 하늘과 땅이 빙빙 돌았다. 자다 일어나면 또다시 시작되는 롤러코스터, 종일 멈추지 않았다. 먹지도 제대로 자지도 못하는 일상이 계속되었다.

　'이러다 사람이 죽을 수도 있겠다 싶었다.'

　병원 링거에 의지해서 살았다. 첫째 임신이고 내가 할 수 있는 것은 아무것도 없었다. 입덧이 심해서 글자도 눈에 들어오지 않았다. 제발 빙빙 거리는 울렁거림이 멈춰주길 바랐다. 46kg 임산부로 보지 않았다. 임신하고 기형아 검사를 했다. 1차는 통과했는데 2차 검사에서 이상이 생겼다. 의사는 자신이 국내에서 양수검사를 잘 하지만, 장비가 없으니 소견서를 써 줄게 이 병원에 가서 양수검사를 받으라고 했다. 의사는 왜 먹지도 못하고 링거로 연명하는 임산부에게 엽산을 처방해 주지 않았을까? 엽산을 먹었다면 아이는 어땠을까? 의사가 지정해준 병원에 갔다. 65만 원 현찰로 양수검사를 해준다고 했다. 한 달 생활비보다 더 많은 금액이었다. 친정 부모님이 종이 짝보다 더 하얗게 변한 얼굴을 보고 65만 원을 봉투에 넣어 주셨다. 의사에 대한 신뢰가 100% 있어야 한다고 생각했다. 의사 말만 믿고 봉투를 건네고 양수검사를 하기 위해 의자에 앉았다. 초음파로 아이를 봤다. 뱃속 아기는 자신에게 닥칠 것을 알고 요리조리 피했다. 입고 있던 옷이 땀으로 흠뻑 젖자 검사는 끝났다. 의사는 알고 있을까? 뱃속 아기에게 주사를 들이대는 아이와 엄마의 심정을? 양수검사가 끝나고 주사와 약을 먹었다. 죄책감이 밀려들었다. 양수 검사결과가 나오는 날, 집에 있는 커다란 접시를 깼다. 접시의 파편은 주방을 넘어 거실까지 퍼져 나갔다. 초음파로 아기를 보았다. 아기가 엄마 나 괜찮아하는 듯 혀를 내밀어 메롱 하고 있었다. 의사는 웃으면서 말했다.

"혀를 내밀고 있는 초음파 사진을 보기 힘든데."

초음파 사진을 내밀었다.

'아가, 엄마가 걱정하는 것을 알고 네가 엄마를 웃게 해주는구나. 고맙다 아가야. 건강하게 만나자.'

입덧의 괴로움도 잊혀 갔다. 그저 아이만 건강하게 태어나기를 바랬다. 육아책을 읽었다. 엄마가 아이를 낳는 것이 아닌 아이가 엄마를 선택해서 오는 것이라고 했다. 나에게 오는 아기가 어떤 아기인지 궁금했다. 꿈을 꾸었다. 소나무 숲이 우거진 곳이었다. 가만히 보니 소나무 숲이 아닌 호랑이 숲이었다. 나무 뒤에 숨죽이고 있는데 가장 큰 호랑이가 무시무시한 발을 올려놓았다. 순간 나는 죽었구나 싶었다. 그런데 막상 호랑이 발이 등 뒤에 닿자 부드러운 느낌이 기분까지 좋았다. 태몽이었다. 어머님께 꿈을 말하니 어머니도 같은 꿈을 꾸었다고 했다.

막달이 되자 의사가 양수가 부족하다고 했다. 양수가 부족하면 아이가 위험하니 유도분만을 하고 안 되면 수술을 하자고 했다. 예정일이 4월 28일인데 4

월 4일에 병원에 입원하라고 했다. 생각해 보면 왜 나는 임신에 대해 준비를 하지 않았을까? 후회된다. 임신을 계획하면 부부끼리 미리 엽산도 챙겨 먹고 공부도 하는데 아무 준비도 안 했다. 돈 한 푼 아껴 보겠다고 절약이 답이라 생각하며 귀한 생명을 품어야 하는 엄마의 몸을 제대로 갖추지 않았다. 의사는 엽산을 먹는 시기에 엽산을 처방해 주지 않았을까? 내가 먹겠다고 내가 사서 먹으면 되는데 왜 한 번도 의문을 품지 않고 의사가 하라는 대로만 했을까? 왜 그랬을까? 가슴을 치고 땅을 친들 무슨 소용이 있을까? 겪어 봐야 아는 삶인가? 사람은 절대로 바뀌지 않는다는 것을 아픔을 통해서 올바로 잡아주시려는 신의 가르침일까? 미안하다 미안하다 미안하다. 아가야. 제대로 너를 만날 준비를 못 해서.

출산, 그 고통의 순간

출산 준비도 안 된 상황에서 4월 4일 병원에 입원했다. 속으로 생각했다.

'아기는 4월 28일 날 나오는데 유도분만을 한다고 한들 아기가 나올까?

의사는 아침부터 유도분만을 시도했다. 그날 유도분만을 하는 산모는 4명이었다. 한 명은 외국이었다. 외국인은 알 수 없는 언어로 고통을 호소했다. 옆에서 보기에 의사와 간호사와 의사소통이 제대로 이루어지지 않은 듯했다. 그녀는 소리를 질렀다.

"오~휘 오휘."

오랜 시간이 지났는데도 그녀의 소리가 아직도 귓가에 맴돈다. 고통스러운 숨을 내뱉었다. 그걸 지켜보고 있는 나는 그녀의 울부짖는 고통마저 부러웠다. 진통 느껴야 아이를 낳을 텐데 아무런 느낌이 오지 않았다. 유도분만을 실패할 것 같은 불길한 예감이 들었다. 그녀의 고통의 소리가 들리지 않았다. 얼마 후 천국에서 볼 수 있는 평온한 미소를 지으며 그녀가 나왔다. 그녀의 미소가 부러웠다.

저녁이 되자 의사는 내일 한 번 더 유도분만을 시도하고 안 되면 수술을 하자고 했다. 내일은 4월 5일 식목일, 내일이면 아기를 만나는데 마음이 묵직했다. 너무 일찍 나오게 하는 건 아닐까? 걱정이 앞섰다. 그러나 산모는 의사의 말을 믿고 따라야 한다고 생각했다. 다음날 새벽이 오자 또다시 유도분만을 시도했다. 조금 뒤 초록색 가운을 입은 의사가 오더니 허리에 마취한다고 했다. 나는 싫다고 저항을 했다. 설명도 하지 않고 척추마취를 한다는 것이다. 처음으로 의문을 제기했다.

"왜 척추 마취를 하는 거죠? 하기 싫어요."

울먹이는 나를 보더니 초록색 마스크 위로 미소를 지으며 말한다.

"나한테 고맙다고 말할 거예요."

허락 없이 등 뒤에 소독하고 척추마취를 했다. 간호사가 내진하고 양수를 터뜨렸다.

'양수도 부족하다는데 왜 양수를 터뜨렸는지 이해할 수 없었다.'

바로 아이의 심방박동수가 떨어진다고 위험하니 응급으로 수술을 하자고 했다. 신랑은 아무것도 모른 채 사인을 했다. 의사의 지시에 따라 수술대에 누웠다. 의사와 간호사 말소리가 들렸다.

"응애."

막 태어난 아기의 울음소리가 수술실이 울리도록 컸다.

'나는 평생토록 저 아이의 울음소리를 잊지 않으리라.'

기억의 메모리에 저장했다. 그리고 바로 의사에게 물었다.

"아기는 어떤가요?"

의사는 대답을 회피했다.

"신랑에게 물어보세요."

옆으로 간호사가 아기를 보여 주었다. 막 태어난 아기의 얼굴을 보았다.

'어떻게 저렇게 귀여운 아기가 내 뱃속에 들어 있었다니 천사 같다. 하느님, 감사합니다.'

깊은 잠에 빠져들었다. 일어나니 고통이 시작되었다. 몸의 절반이 무거운 바위로 눌려있는 고통이었다. 신랑이 다정하고 따뜻한 손으로 이마를 쓸어 주었다. 고통 속에서도 그의 손길 닿자 고통이 잦아들었다. 신랑에게 물었다.

"아기는 어때요?"

"응, 좀 봐야 할 것 같아."

그는 낮은 목소리로 말했다. 불안감이 감돌았다. 그의 눈은 슬픔을 꾹꾹 누르고 쓰다듬어 주었다. 친정 부모님이 출산 소식을 듣고 달려오셨다.

"주 서방, 주 서방 아기는 어때? 괜찮지?"

장모님의 커다란 눈을 정면으로 바라봤다. 그는 끝내 울음을 참지 못하고 손으로 입을 가리며 병원 밖으로 뛰어나갔다. 그 모습을 보면서 기도했다.

'제발 괜찮기를 아무 일 없게 도와주세요.'

간호사가 휠체어를 가지고 왔다.

"옮겨 타세요."

몸이 두 조각 나는 고통을 갖고 있는데 어떻게 휠체어로 옮겨 탈 수 있을까? 과연 가능할까? 가능하니까 휠체어를 타라고 했겠지? 일어나려 할수록 고통은 더 심해졌다. 하라는 대로 해야지 하며 고통의 무게를 몸으로 저항하며 일어나 휠체어를 탔다. 퉁퉁 부은 몸을 간신히 이끌어 입원실 침대에 누웠다. 온돌방의 습한 기운이 싫어서 가습기를 꺼버렸다. 코드까지 빼버려서 침대 밑에 두라고 했다. 병실에서 아기를 만날 수 있다고 했는데 무슨 이유로 수유실에서만 아기를 만날 수 있다고 했다. 수술 후 몸이 불어서 얼굴은 사자가 되었고 다리는 코끼리 다리였다. 어느 곳 하나 붓지 않은 곳이 없었다. 신랑이 보고 있다는

것이 창피했다. 그래서 함께 있는 것조차 싫었다. 부은 얼굴로 아기를 보는 것
도 미안했다. 친정어머니 젖 돌게 한다고 돼지 족을 삶아 오셨다. 동물처럼 부
은 딸의 모습을 보시더니 말했다.

"내 딸이 도대체 왜 이렇게 된 거니. 젖도 젖이지만 일단 살부터 어떻게 빼야
겠다. 아기는 걱정하지 마라. 분유로 다 먹고 산다. 일단 네 몸부터 챙기자."

삶아 온 족발 물도 권하지 않고 냉장고에 넣어 두었다. 수술 후유증으로 전
신이 만신창이가 되었다. 하루 이틀이 지났다. 잠에 빠져 지났다. 셋째 날 아기
를 보러 갔다. 발바닥까지 부어서 발바닥에 커다란 모래주머니를 달고 있는 것
처럼 느껴졌다. 수유실 밖에서 아기를 보았다. 옆에 있던 산모가 바라보더니
말한다.

"저렇게 예쁜 신생아는 처음 봐요. 정말 천사처럼 생겼네요. 축하드려요."

수유실 문을 조심스럽게 열고 들어갔다. 간호사 선생님이 이름을 말하자 아
기를 품 안에 안겨 주었다.

태어나 처음으로 낳은 아기를 품에 안은 엄마의 심정이 어땠을까? 무엇이라
고 표현할까? 제대로 앉지도 못하고 안절부절못하자, 간호사 선생님이 안는 자
세를 가르쳐 주셨다. 어색하고 조심스럽게 아기를 안았다. 아기는 젖을 빨지
않았다. 무엇이 잘못된 것일까? 왜 그러지? 생각에 빠져 있을 때 간호사 선생님
이 말했다.

"처음에는 다 그래요. 계속 불러 드릴까요?"

"네, 밤에도 새벽에도 불러 주세요."

수술실에서 나와 씻지도 못하고 엉망인 모습으로 천사 같은 아기를 안아서
미안했다. 그래도 계속 만나고 싶었다. 아기에게 젖을 물리고 싶었다.

'돼지 족 삶은 물을 마시면 젖이 돈다더라.'

친정 어머니의 말씀이 생각나서 냉장고에 있는 돼지족발을 들이켰다. 간호

사 선생님이 젖몸살 푸는 법을 신랑에게 가르쳐 주었다. 신랑이 가슴에 손을 얹고 가슴을 마사지했다. 등산으로 뭉친 근육 다리를 몽둥이로 내려치는 고통을 감수하면서 이를 악물고 젖몸살을 풀었다. 아기에게 젖을 먹였다. 새벽에 수유 호출이 왔다. 아무도 없는 수유실에 간호사 선생님께 부탁했다.

"아기가 어떤지 보여 주세요."

의사 선생님은 구급차로 대학병원에 가자고 서둘렀지만 퇴원하고 대학병원에 가기로 했다. 수술 부위를 소독하며 말했다.

"뱃살에 지방이 많아요. 비키니 입으려면 살을 빼야겠어요."

그 말을 마지막으로 가방을 챙겨 다른 지역에 병원을 개원해서 떠났다. 다른 의사 선생님이 배를 소독하며 물었다.

"왜 수술했어요?"

"의사 선생님이 아기가 호흡이 불규칙해서 수술하라고 했어요."

의사의 한숨이 깊어지는 것을 보고 뭔가 잘못되었구나 싶었다. 아이가 커서 초등학교에 들어갔다. 초등학교 도서관에서 학부모님들과 출산 이야기가 나왔다.

"왜 제왕절개 했어요?"

이야기하다 보니 의사가 제왕절개를 하고 달아난 사건이 지역에서 유명했다.

'손바닥으로 하늘을 가릴 수 있을까?'

그 의사는 그 일로 유명한 의사가 되었다.

2011년 임산부와 신생아가 집단 사망한 사건이 있었다. 연일 계속되는 공포로 모두가 두려웠다. 뒤늦게 밝혀진 가습기 사망사고, 뉴스로 접하면서 가슴이 미어졌다. 생명의 탄생과 기쁨을 맞이하는 순간에 눈물을 흘리고 가슴 아파했던 사연들. 그들을 아픔을 위해 기도한다.

청천벽력 같은 소식

산부인과에서 퇴원하자마자 소견서를 들고 인근 대학병원에 갔다. 아기 이름도 없어 전광판에 ○○○ 아기라고 떴다. 겉싸개를 안고 기다리는 1시간이 일 년처럼 느껴졌다. 이름을 부르자 안으로 들어갔다. 의사가 말했다.

"벗기세요."

의사 말에 따랐다. 1초 살펴보더니 손을 닦으며 말했다.

"수술 날짜 잡으세요. 수술하면 합병증이 올 수 있습니다."

세상에 나온 지 얼마 되지 않은 아기에게 수술과 합병증, 설명을 듣고 있는 엄마의 심정은 무너져 내렸다.

'세상에 이 모든 것을 받아들이라는 말씀입니까? 어떻게 받아들여야 하나요?'

산부인과를 퇴원하면 바로 산후조리원에 들어가 몸을 돌본다. 나는 대학병원에서'수술해야 한다.'라는 말을 듣고 친정에 가서 짐을 풀었다. 모든 상황이

꿈같았다. 강하게 현실을 부정하며 자신을 괴롭혔다.

'이 나쁜 년 나쁜 년 나쁜 년! 다 너 때문이야.'

신랑이 나를 보고 웃게 해주려고 머리를 건드렸다. 그 순간 눈앞에 보이는 가위를 들어서 머리를 잘라 버렸다. 머리카락이 바닥에 우수수 떨어졌다. 신랑이 놀라서 눈을 동그랗게 떴다. 떨어진 머리카락을 줍기 위해 다가가지 못했다. 더는 신랑의 얼굴을 보기도 힘들 것 같았다. 아기를 바라보며 행복해하는 엄마가 아닌 그저 멍하니 넋을 놓았다. 뒷모습이 처량했다. 이걸 어떻게 해야하나? 이건 꿈이다. 자다 일어나면 없어질 것이다 믿고 싶었다. 그러나 바뀐 것이 없었다. 아기는 울지 않고 젖도 잘 먹고 잘 잤다. 밤이 되어 수유 등을 껐다. 등이 꺼지면 아기는 끙끙 소리를 냈다. 다시 켰다. 그러면 눈을 감고 가만히 있었다. 다시 껐다. 아이는 끙끙 소리를 냈다. 엄마와 아기는 밤을 새우면서 수유 등을 켜고 껐다. 지금 생각해 보니 신생아가 장난을 너무 일찍 깨달았다. 배 속에 있을 때부터 메롱 하더니 태어나서 엄마랑 불빛으로 장난을 했다. 아기는 다 알고 있었다.

울지 않는 아기를 보고 친정어머니가 자꾸 이상하다고 했다. 혹시나 하는 마음에 몰래 아기 발을 꼬집었다고 했다. 아기는 순간 두 번 응애 응애 하더니 울음을 그쳤다고 했다. 요한이는 울지도 않고 새근새근 잘 지냈다. 우는 건 오직 엄마밖에 없었다. 내가 할 수 있는 일은 모유 수유밖에 없었다. 아기에게 시간도 정해 놓지 않고 젖을 달라는 대로 줬다. 3개월이 되자 소아청소년과에서 비만이라고 했다. 의사 선생님은 시간을 정해 놓고 수유를 4번만 하라고 했다. 시도는 했지만 달라는 젖을 안 줄 수 없었다. 그래서 마음껏 먹으라 하며 젖을 내밀었다. 그리고 틈나는 대로 함께 책을 읽었다.

아기가 낮잠 자는 시간이 일정해지고 음악을 틀어 놓고 뒷산에 올랐다. 정신

없이 30분을 걷고 들어왔는데 아기가 자지러지도록 울고 있었다. 아기를 안고 달랬다. 미안했다. 정말 미안했다. 얼마나 놀랐을까? 하늘에게 기도했다.

'제발 아기가 너무 놀라지 않았기를.'

아기는 얼마 후에 탈장이 왔다.

'나 때문에 아기가 또 탈장이 왔구나! 미련 맞은 년, 몹쓸 년,'

채찍으로 자책하기 시작했다. 밤을 새워가며 울부짖기 시작했다.

'제발 저 좀 도와주세요. 제 발 저 좀 도와주세요.'

콧물 눈물이 바닥에 흥건하도록 기도를 했다. 매일 그렇게 기도하면 들어 주실 거로 생각했다. 돌아온 것은 갑상선 항증진이었다. 처음에는 몰랐다. 그저 심장이 빨리 뛰는 것으로 생각했다. 심장 소리가 옆에 있는 신랑에게도 들렸다. 살이 쭉쭉 빠졌다. 병원에 갔더니 갑상선 항진증이니 약을 먹으라고 했다.

"모유 수유 중이에요. 약을 꼭 먹어야 하나요?"

"엄마가 건강해야 아기를 건강하게 키울 수 있어요. 모유 수유하면서 약을 먹어도 되지만 원칙적으로는 안 된다고 쓰여 있어요. 선택은 환자분이 하세요."

아기에게 해 줄 수 있는 일이 모유 수유밖에 없었는데 그마저도 안 되는 상황이다. 어쩔 수 없이 분유를 먹였다. 아기는 젖병을 입에 대려고 하지 않았다. 혀로 젖병을 밀어내고 고개를 돌렸다. 하지만 어쩔 수 없는 상황, 갑상선 약을 먹으면서 아기에게 수유할 수 없었다. 하루를 분유로 버텼다. 다음날 아기의 몸이 모기 물린 것처럼 부어오르기 시작했다. 시간이 지나자 온몸이 붉게 부풀어 올랐다. 눈앞에 있는 현실이 힘겨워 눈물 콧물을 흘리며 병원으로 뛰어갔다. 검사를 해보니 아기는 유당 알레르기가 있었다. 애처로운 내 사정을 알고 있는 소아청소년과 의사 선생님이 손을 잡고 말했다.

"엄마가 강해야 해요. 아기는 다 알고 있어요. 엄마가 어떤지. 아기를 위해서라도 강해지세요."

'어떻게 강해지란 말인가? 지금 내 상황에 어떻게 어떻게 어떻게 하라고.'

도리질을 쳤다. 깊은 생각에 빠졌다.

'약을 먹기 전 수유를 하고 약을 먹는다. 최대한 약을 먹는 시간과 차이를 두고 수유를 하자.'

조금씩 생각을 움직이기 시작했다. 서울병원 명의를 찾아갔다. 소아병동이 따로 있었다. 소아병동에는 보 떼기 시장처럼 줄줄이 있었다. 분유를 먹고 있는 아기, 휠체어에 몸을 싣고 다니는 아기, 이유식을 먹고 있는 아기, 수술 침대에서 링커를 꼽고 나오는 아기, 눈물을 흘리며 지켜보는 보호자. 우는 아기, 장난감을 갖고 장난치는 아기, 그 가운데 나도 아기를 안고 병원을 찾은 하나의 엄마였다. 예약은 했지만, 진료 시간은 계속 뒤로 미뤄졌다. 꽤 오랜 시간이 흐르고 아기의 이름을 불렀다. 진료실에 들어가니 젊은 의사 선생님 둘이 앉아서 아이의 출생에 대한 기억을 끄집어냈다.

"아기는 어떻게 태어났습니까? 왜 수술했죠? 몸무게는요?"

구체적으로 질문했다. 왜 이런 질문을 대답해야 하나? 생각이 들었다.

"유전자 검사해 봅시다."

그 말이 이렇게 들었다.

'지금 당장 아기에게 주사기로 피를 뽑고 검사를 해 봅시다.'

정신없는 척하면서 대답을 회피했다. 방에 있는 또 다른 문이 스르르 열렸다. 머리가 백발로 변하는 연세가 지긋하신 의사는 묵묵한 입을 다물고 다가왔다. 아이를 보여줬다. 속으로는 연신 기도를 했다.

'제발 괜찮기를.'

무거운 침묵을 깨고 한마디 말을 던졌다.

"심하네요."

말을 마치고 문을 닫고 사라졌다. 옆에 있던 의사는 날짜를 잡아준다고 했다. 어떤 질문을 계속 던졌는데 귀에 들려오지 않았다. 사오정처럼 귀를 막고 있다가 입을 열었다.

"한번 수술하면 되는 거죠? 한 번에 할 수 있는 거죠?"

그들은 대답을 망설였다.

"해봐야 알죠."

명의라고 해서 왔다. 한 번 수술하는 것도 죽을 만큼 힘든데 그것도 모르겠다고 했다. 하늘에서 내려 준 밧줄을 잡았는데 썩은 밧줄을 잡고 나락으로 떨어지는 기분이었다. 참담한 심정으로 수술 날짜를 잡고 집으로 내려왔다. 튼튼하던 신랑은 부정맥이 왔다. 결혼 전에 친구가 말했다.

"너는 기도 발이 참 좋은 애야. 어쩜 너는 기도하는 대로 다 이루어지니?"

그래서 더 열심히 기도했다. 아무런 응답이 없었다. 우리 가족은 셋, 아기도 나도 신랑도 병원의 덫에 걸려들었다.

절망의 끝을 맛을 보았나? 그때 그 심정이 이럴까? 그러나 그때는 검은 궤도에 들어가지 않았다. 두려움에 몸서리친 것이다. 아직 시작도 아닌 일로 가지고 무서워했다. 고요히 침묵하며 기도할 것을 후회한다. 고통이 희망으로 바뀌는 것은 종이 한 장 차이다. 내가 좀 더 안정적으로 받아들였다면 어땠을까?

어차피 걸어가야 하는 길인 것을.

내 탓이오
내 탓이오

아기가 생후 6개월이 될 때 수술하기로 날짜를 잡아 놓았다. 어디서 잘못되었을까? 많이 생각해 보았다. 임신인지 모르고 염색을 했다. 독한 염색약이라 일주일 동안 수건에서 염색약이 묻어 나왔다. 학원에서 사용하는 칠판펜 뚜껑을 습관적으로 물었다. 입덧이 심해서 임신 중에 링거에 의지해서 살았다. 엽산을 먹어야 할 시기에 의사가 엽산은 안 먹어도 된다고 해서 먹지 않았다. 모든 것이 내 책임이다.

'내 탓이오. 내 탓이오. 내 탓이로소이다.'

가슴을 치며 탄 곡을 했다. 내 탓으로 향한 자책이 시커먼 재가 되었다. 그러나 아기는 해맑게 엄마를 향해 해바라기 꽃처럼 웃어 주었다. 아기를 키우면서 잠도 못 자고 육아가 힘들다고 하지만 엄마를 힘들게 하지 않았다. 웃어 주고 기다려주고 젖을 먹고 새근새근 잠을 잤다. 수술만 안 한다면 최고 행복한 엄마였다.

'수술하지 말까?'

생각도 했다. 하지만 지금 하지 않으면 아기가 힘들 것이라고 했다. 현실을 받아들일 수밖에 없었다. 아기를 바라보았다. 아기도 엄마를 바라보며 또 해맑게 웃었다.

'그래 우리 살아보자. 열심히 살아보자.'

마음을 잡고 클래식을 틀었다. 아기와 단행본 책을 읽기 시작했다. 좋아하는 책은 최대한 각 인물의 성격을 표현해서 성대모사를 하며 읽었다. 엄마는 무대 위의 주인공이었고 아기는 관객이었다. 둘만의 세계가 깊어가기 시작했다. 아기를 꼭 끌어안았다. 아기는 까르륵 웃고 엄마에게 장난을 걸어왔다. 엄마와 아기만 아는 소통이 시작되었다. 책과 음악이 우리를 더욱 가깝게 해 주었다. 사랑하고 사랑했다. 아기의 웃음과 아기의 냄새, 아기의 살 느낌, 손가락 발가락 모든 것이 사랑이었다. 처음에는 수술에 집중해서 보이지 않던 것들이 보이기 시작했다. 여름이 찾아오자 뒷덜미에서 땀띠가 나기 시작했다. 친정어머니께서 땀에 흠뻑 젖어 있는 것을 보고 말했다.

"안 되겠다. 배냇머리 자르러 가자."

아기의 손톱과 발톱을 자르는 것도 매우 조심스러웠다. 심지어 목욕하는 것도 얼마나 조심했는지 모른다. 아기 배냇머리를 자르는 것은 더 무서웠다. 혹시나 다칠까 봐 걱정이 앞섰다. 친정어머니는 아기를 안고 집 앞에 있는 남성 전용 이발소로 아기를 안고 갔다. 배냇머리를 자르러 왔다고 하니 이발소 아저씨가 난처하게 웃었다.

"아기를 안아 주세요."

가슴이 떨렸지만, 의자에 앉아 아기를 안았다. 세상에 태어나서 처음 머리를 깎는 아기, 울까 봐 걱정되었다. 그런데 신기하게도 아기는 울지 않고 머리 깎는 기계 소리가 신기한 듯 쳐다봤다. 순간에 아기는 깍깍 머리가 되었다. 머리를 자르고 보니 금복주가 떠올랐다. 친정어머니와 번갈아 가면서 웃음이 떠져 나왔다. 아기도 신기한 듯 방긋방긋 웃었다. 머리를 깎아도 안 울고 목욕을 시켜도 방긋방긋 웃는 아기, 세상이 이런 아기가 어디 있냐며 친정어머니는 아기를 더 많이 안아 주셨다. 100일이 되자 친구들이 아기 옷을 사 왔다.

"100일 아기한테 맞는다고 해서 사 왔어."

입혀 보니 작았다. 뱃살이 삐져나왔다. 친구가 미안하다며 첫돌 맞이하는 아기 옷 크기로 바꿔왔다. 병원에서 비만이라고 했던 말이 맞았다. 신생아 100일 촬영에서도 옷이 작다고 큰 옷으로 바꿔 입었다. 아기는 우량했다. 젖만 먹고 무럭무럭 자랐다. 주말, 어느 햇볕 따스한 날 뽀얗고 귀여운 요한이를 품 안 안고 아빠랑 잠든 모습을 보게 되었다.

누가 뭐라고 해도 붕어빵 부자의 모습이었다. 둘의 모습은 세상 어디에도 없을 작품이었다. 조심스럽게 사진을 찍었다. 그 공간에 있는 공기마저도 달콤하게 사랑이 느껴졌다. 걱정을 조금씩 내려놓기 시작했다. 아기의 수술도 엄마의 갑상선 항진증도 아빠의 부정맥도 세 사람의 행복을 갈라놓지 못했다. 다만, 시간이 조금 천천히 흘러가기 바랐다. 지금의 행복을 온전히 느끼고 싶었다. 수술을 잡아 놓은 2011년 10월 31일이 찾아왔다.

'이제 너와 마주할 시간이구나.'

덤덤하게 받아들이며 짐을 싸기 시작했다. 아기랑 매일 보던 책을 챙겼다. 낭만파 엄마는 아픔 중에서도 음악을 듣게 카세트 챙기고 싶었지만 그만두었다. 일주일 혹은 보름이 될 수도 있기에 짐을 가득 실었다. 요한이를 안고 뒷좌석에 앉았다. 병원 가는 길에 조금도 떨어져 있고 싶지 않다. 한강 다리는 건너며 아기에게 말했다.

"요한아, 여기가 한강이란다."

한강의 물빛이 은빛 반짝임으로 빛나고 있었다. 입원 절차를 밟아 갔다. 기다림과 기다림의 연속이었다. 아기를 품에 꼭 안고 있었다. 병원 2인실에 배정이 되었다. 금전의 여유가 없었지만 2인실로 배정을 받고 다인실로 옮기기로 했다.

문을 열고 들어가니 초등학생으로 보이는 아이와 어머니가 입구 쪽이 앉아 있었다. 우리는 바로 옆 창문 쪽이었다. 침대 위에 앉아 모유 수유를 했다. 신랑은 반복적으로 왔다 갔다 하며 짐을 풀었다. 옆에 있는 어머니와 자연스럽게 대화하게 되었다. 아이는 초등학교 1학년인데 팔이 부러져서 수술해야 한다고 했다. 나이는 어린데 성숙해 보였다.

"사실 아이도 어렸을 때 그쪽 침대에서 처음 수술을 했어요. 그런데 수술이 잘 되었어요. 너무 걱정하지 마세요. 기도할게요."

어머님의 배려로 마음이 떨리던 마음이 차츰 가라앉았다. 간호사 선생님이 오시더니 아기에게 환자복으로 갈아입으라고 했다. 환자복은 아기에게 무척 크고 차가웠다. 엄마는 아기 옷을 벗기고 환자복으로 웃으면서 갈아 입혔다. 요한이는 무엇이든지 잘했고 침착했다. 엄마가 하라는 대로 했다. 아기에게 엄마가 전부였다. 솜털 같은 아기 손에 링거 꽂았다. 순간 아파했지만, 그것도 받아들였다. 모든 것을 감내하며 받아들이는 아기의 모습이 더 가슴 아팠다. 12시부터 아기는 금식에 들어갔다. 날마다 한없이 내어주던 젖을 엄마가 주지 않자 잠시 칭얼거렸지만, 이것도 쉽게 받아들였다.

고요한 시간이 흘러 새벽빛이 창문 틈으로 새어 들어왔다. 새벽의 침묵을 깨고 레지던트 의사가 와서 수술설명을 하고 간호사 선생님이 사인을 받았다. 병원의 새벽은 더욱 분주하게 움직였다. 가슴이 떨려왔다. 무언가 부여잡고 흔들어 대고 싶었다.

'제발 살려주세요. 살려주세요. 제발 멈춰주세요.'

도망가고 싶었다. 멀리멀리 아무것도 모르는 세상으로 달아나고 싶었다. 그 마음을 이해한다는 듯이 옆에 있는 보호자 어머니가 음료수를 손에 쥐어 주었다.

"힘내세요. 생각보다 아이는 강하답니다."

그 말을 듣고 끝내 울음을 터뜨렸다. 가운을 입은 남자가 들어와서 아이 이름을 불렀다. 아기를 안고 이동식 침대로 갈아탔다. 옆에 있던 학생이 아이를 보고 말했다.

"요한아, 잘하고 와."

목이 멨다. 저도 수술을 앞두고 있으면서 아기에게 잘 다녀오라고 차분히 인사를 했다. 아기와 학생은 서로 눈빛을 교환하고 수술실로 향했다. 수술실 문이 닫히고 아빠는 밖에서 대기했다. 초록색 옷으로 갈아입고 아기 옆에 있었다. 회복실은 에어컨 바람 소리인지 기계 소리인지 입원실보다 소음이 크게 들렸다. 그리고 싸늘했다. 각 침대 옆에는 컴퓨터가 한 대씩 놓여 있었다. 사람들이 누워서 천장을 응시하고 있었다. 천장에는 성경 말씀이 있었다. 아기를 바라보며 말했다.

"엄마가 미안해 우리 아기."

얼마의 시간이 흐르자 마취가 의사 선생님이 아기 이름을 확인하고 링거에 주사기를 투여했다. 아기는 스르르 잠들었다.

"이제 밖에서 기다리세요."

내 품에 있던 아기를 초록색 가운을 입고 초록색 마스크를 한 다른 사람들이 데리고 갔다. 멀어져가는 모습을 바라보며 끝까지 아이를 쳐다보고 있었다. 양문이 스르르 열리고 아기는 다른 곳으로 들어갔다. 그리고 문이 닫혔다. 두 다리의 힘이 쭉 빠졌다. 신랑이 부추김을 받고 의자에 앉아 수술 과정을 전광판을 지켜봤다. 환할 때 들어간 아이는 어둠이 짙게 갈릴 때 만나게 되었다. 세상이 이럴 수가 이렇게 오랜 시간 아기와 떨어져 있을 거로 생각하지 못했다. 요한이는 지쳐서 제대로 울지도 못하고 있었다.

'세상에 어떻게 이런 일이 있을 수 있나?'

수술실에서 이동 침대를 따라 입원실로 걸어갔다. 바로 간호사 선생님이 와서 손을 오목하게 만든 다음 등을 두드려 주라고 했다. 그래야 폐에 있는 가스가 나온다고 했다. 아기는 계속 잠들려고 했고 등을 두드리자 작고 힘없이 울음소리를 냈다. 등을 두드리며 엄마는 노래를 불렀다. 아기가 좋아했던 곰 세 마리를 불렀다.

"곰 세 마리가. 아빠 곰 엄마 곰 아기곰."

울음이 뒤섞인 노래를 불렀다. 아기는 노래를 들으면서 잠들지 않도록 노력했다. 엄마 말을 참 잘 들었다. 아기를 보자 돌덩이처럼 딱딱하게 굳어 있던 가슴에서 젖이 새어 나왔다. 젖가슴에 눈이 달린 것도 아닌데 젖도 아기를 보자 반겼다. 세상에 태어나는 순간 탯줄은 가위로 잘리고 아이와 엄마는 분리되었다. 그러나 아기와 엄마는 탯줄이 잘렸어도 눈에 보이지 않은 연결선이 있었다. 아기와 나, 간호사 선생님이 말했던 2시간을 채우지 못하고 1시간 40분 되자 아기에게 젖을 물렸다. 요한이는 젖을 빨아 당겼다. 그러나 많이 먹지 못하고 그대로 잠들었다.

'미안하다. 내 새끼, 미안하다. 천사야.'

아직 시작에 불과한 이야기다. 8년 전의 이야기를 쓰고 있으니 창밖에서 세찬 비가 내린다. 이야기가 세상에 알려지면 혹시라도 다른 시선을 바라볼까 두렵다. 그러나, 이야기를 쓴다. 두려움을 깨고 세상 밖으로 나와야 하기 때문이다. 이 모든 일은 덮고 살아가며 깊은 상처로 만들고 싶지 않기 때문이다.

'요한아 너는 엄마에게 무척 소중한 아이란다.'

앙상한 나뭇가지

오랜 시간 끝에 엄마 품으로 돌아 잠들었다. 레지던트 선생님이 오더니 수술 부위를 보려고 하자 나도 모르게 손을 치워버렸다. 신랑이 손을 붙잡고 눈빛으로 말했다.

'그러지 마. 가만히 있어.'

떨리는 가슴을 부여 잡고 의사에게 맡긴다. 수술 부위는 압박 붕대로 쌓여 있었다. 붕대가 조금이라도 풀리면 다시 수술방에 들어가 붕대를 다시 감아야 한다고 했다. 펜으로 생긴 전등으로 수술 부위를 보고 고개를 갸웃거리며 설명도 없이 밖으로 나갔다. 몇 분 후 여러 명의 의사가 우르르 몰려오더니 아기를 안고 수술실로 들어갔다. 수술 부위를 압박 붕대로 감아 놓았는데 풀린 것이다. 아이의 눈물이 마르지도 않은 상태로 들어가 소리를 질렀다. 엄마 품에서 울지도 않던 아기가 병원에 와서 울기 시작했다. 복도 끝까지 아이의 울음소리가 들렸다. 울음소리를 듣고도 엄마는 아기 손을 잡아 줄 수가 없었다. 그저 병원 바닥에 주저앉아 울기만 했다.

'제발 이 고통에서 벗어나게 해주세요. 제발 기도드립니다. 제발 들어주세요.'

기도하고 미친 듯이 울어대도 소용이 없었다. 현실을 괴로움에서 발버둥 칠수록 올가미는 더욱 조여왔다. 의사들이 이마의 땀을 닦으며 나왔다.

"아기가 어찌나 힘이 세던지 4명이 붙잡고 간신히 붕대를 풀고 다시 묶었습니다."

가슴이 철렁 내려앉았다. 붕대는 강력한 테이프로 되어 있는 붕대였다. 살에서 떼어내서 다시 감을 때 아기가 얼마나 아팠을까? 말 그대로 가슴이 갈기갈기 찢겼다. 차라리 내가 대신 아팠으면 좋겠다.

'제가 대신 아프게 해주세요. 제가 고통을 받게 해주세요. 아이는 그만 아프게 해주세요. 제발 멈춰 주세요.'

엄마 품으로 다시 아기는 돌아왔다. 눈물을 흘리는 아기에게 젖을 물렸다. 엄마가 해 줄 수 있는 일은 이것밖에 없었다. 의사 선생님들 앞에서 신경 쓰지 않고 아기에게 젖을 물렸다. 아기는 서러운 울음을 삼켜 가며 젖을 먹었다. 아기 목으로 넘어가는 젖이 느껴졌다. 이유식을 먹어야 했지만, 아기는 이유식을 단 한 수저도 먹지 않았다. 오직 엄마 젖만 먹었다. 엄마가 병원에 있으면서 할 일이 수술 부위에 이물질이 들어가지 않게 하는 것이다. 만약 조금이라도 묻게 되면 수술실로 들어가야 한다. 다음날 옆 침대가 비워졌다. 새로 입원 환자가 들어왔다. 강원도에서 요한이와 같은 수술을 하기 위해서 왔다. 둘째로 태어난 아기는 수술 경험이 많아 안 가본 병원이 없다고 했다. 짐을 싸 온 것도 체계적이었다. 수술 전날 잠이 오지 않는다고 노트북에 미국 드라마를 내려받아

왔다. 간호사 출신이라 손도 빠르고 의사들에게 질문도 똑똑하게 했다. 아기를 대하는 태도도 명확했다. 그러나 아기가 수술실에 들어가자 나와 똑같은 엄마가 되었다. 수술실 전광판에서 눈을 떼지 못하고 먹지도 못하고 주저앉아 울었다. 아기가 수술실에서 나왔다. 아기가 엄마 품으로 돌아오자 현실을 받아들이고 웃으며 지냈다. 아기의 어머니를 보면서 나도 울음을 그쳤다. 아이의 엄마는 다인실로 갔다. 그 엄마는 아이를 휠체어를 타고 다니며 사람들과 어울렸다. 나는 입원실 밖으로 나가지 못했다. 혼자서 수술 부위를 지키는 일이 힘들었다.

따스했던 가을볕이 쓸쓸한 바람이 되었다. 나뭇잎은 점점 바닥에 수북이 쌓여가고 나뭇가지는 앙상해졌다. 입원실 침대가 비워지고 또 다른 사람이 들어왔다. 태어난 지 얼마 되지 않은 신생아 아기였다. 이유를 들어보니 기저귀에서 피가 묻어 나왔다고 했다. 서둘러 입원해서 수술해야 한다고 했다. 아기는 세상에 대한 두려움을 울음으로 토해냈다. 낮과 밤 잠자지 않은 시간은 계속 울었다. 잠을 자지 못하니 더욱 신경이 예민해졌다. 아기는 수술실에 들어갔다. 다행히 운이 좋게 개복수술을 하지 않고 복강경으로 간단하게 했다고 했다. 아기는 탁자만 한 기계를 달고 들어왔다. 기계 때문인지 아기는 계속 울었다. 미안했다. 내가 낳은 아기도 아닌데 아프게 해서 미안했다. 부모의 마음은 어떠했을까? 울음소리도 신경이 쓰이지 않았다. 다만 빨리 나아서 퇴원하기를 바랐다. 아기의 아버지는 목사님이었다. 병실에 많은 사람이 와서 아기를 위해 기도했다. 그들이 기도하면 나도 따라 기도했다. 병원에서 기도는 모든 사람에게 절박했다.

"저도 기도해 주세요."

처음 보는 엄마 말에 당황해했지만, 기도를 해주었다.

아늑한 2인실에서 병원 에어컨 실외기가 바로 옆에 있는 병실을 옮겼다. 문을 열면 기계음 소리에 귀가 먹먹했다. 창밖으로 회색 실외기만 보였다. 커튼을 치고 아기와 책을 읽기 시작했다. 아기는 아픔을 이겨내며 엄마의 목소리에 집중했다. 엄마가 웃으면 아기도 따라 웃었다. 우리는 병실이 아닌 집에서 지내는 것처럼 지냈다. 아기가 잠들면 넋을 놓고 있다가 아기가 깨면 책을 들고 재미있게 읽어 갔다. 엄마는 아기에게 젖을 주고 책을 읽었다. 내가 할 수 있는 건 그것밖에 없었다. 친정 부모님은 하루가 멀다고 요한이 상태를 살폈다. 결혼하고 생각지도 않은 딸의 병원 생활에 찰밥과 반찬을 해서 왔다. 말 장난감과 귀여운 회피 무늬 조끼를 사 오셨다. 요한이에게 외할아버지는 산타클로스 할아버지였다. 할아버지를 보며 아픔도 잊은 채 방긋방긋 웃었다. 며칠 후 시아버지께서 오셨다. 주름 사이사이 햇빛의 그을음이 그대로 드러나 있었다. 이가 없는 잇몸을 내밀고 말씀하셨다.

"요한이는 좀 어떠냐."

"지켜 보고 있어요."

"네가 고생이 많다. 얼굴 봤으니 됐다. 그만 간다. 나오지 마라."

뒤돌아 가시는 아버님을 보니 눈물이 시트 위에 툭툭 떨어졌다. 친정아버지께서 맛있는 거 사 먹으라고

주머니에 넣어 주신 오만 원짜리 지폐를 꺼내서 시아버지 가는 길에 보태 쓰시라고 넣어 드렸다. 아버님은 한사코 사양했다.

"아버님, 이래야 제 마음이 편해요. 아버님 모셔다드리지도 못하는데 택시 타고 가세요."

아버님은 이내 주머니에 넣으시고 어깨를 축 늘어뜨리고 가셨다. 뒷모습이 어찌나 처량한지 가슴이 미어졌다. 양가 부모님께 큰 죄를 지었다.

신랑은 집에서 출퇴근하지 않고 퇴근하면 바로 병원으로 왔다.

"가는데 2시간 오는데 2시간 너무 힘들지 않겠어?"

"아내와 아기가 병원에 있는데 내가 집에서 발 뻗고 자겠어? 그냥 여기서 자는 게 더 편해."

신랑은 새벽 5시에 일어나 빛속으로 출근해서 퇴근하면 병원으로 달려와 병실에서 샤워하고 밤이 늦도록 휠체어에서 아기를 재웠다. 요한이가 잠들면 12시가 되었다. 신랑은 보호자 침대를 바닥에서 꺼내 작은 등불에 의지해서 책을 봤다. 진급시험이 코앞으로 다가왔다. 이 상황에 진급한다는 것도 어려웠다.

"자기야. 진급 안 해도 괜찮으니까 어서 자."

"사실 책도 눈에 들어오지 않아. 그런데 책이라도 붙들고 있어야 마음이 편할 것 같아. 걱정하지 말고

당신부터 눈 붙여. 내일 또 혼자서 봐야 하잖아. 어서 자."

겨울이 한 발자국 가까이 다가왔다. 새벽빛도 새어 들어오지 않은 시간, 그는 보호자 침대에서 새우처럼 등을 말고 일어나 다시 회사로 출근했다. 시간이 지나 퇴원하라는 지시가 떨어졌다. 아쉬움 없이 짐을 싸고 한강 다리를 건넜다. 전화벨이 울렸다. 레지던트 의사였다.

"지금 어디세요?"

"한강 다리 건너고 있어요."

"아기 수술 부위 사진을 찍어야 하는데 사진을 못 찍었어요."

"집에 가서 찍어 보내 드려도 될까요?"

"그럼 최대한 자세히 찍어서 보내 주세요."

다시는 돌아가고 싶지 않았다. 다시는 보고 싶지 않았다.

'안녕.'

세상에 어린이 병동이 있는지 모르고 살아왔다. 어린이 병동에 각각의 병명으로 입원해서 수술하는지 몰랐다.

'이 모든 것을 왜 알려 주시려고 했을까?

제발 끝나기 바랐다. 의사가 집에서 가서 먹으라고 한 약과 통 목욕을 하면 낫게 된다고 생각했다. 퇴원이 끝이라고 생각했다. 그러나 나의 기도가 부족했던 탓일까? 나의 울음이 부족한 탓일까? 레지던트 의사가 다시 오라고 했는데 안 가서 수술실의 옷자락을 밟힌 것일까? 아이는 10번이 넘게 수술실을 오갔다. 수술실 앞에서 기절해 이동 침대에 옮겨간 어머니도 있었다. 그러나 나는 단 한 번도 쓰러지지 않고 아기가 나오는 수술실 앞에서 아이를 기다렸다. 우량아 금복주 같았던 아기는 체중이 미달이 되었다. 더는 살이 찌지 않았다. 엄마도 같이 말랐다. 우리 가족은 뼈만 붙어 있는 앙상한 가지처럼 말랐다.

왜 나에게 이런 일이

퇴원하고 집에 오니 바닥이 차디찼다. 대출금을 갚기 위해 안방을 제외하고 보일러를 잠갔다. 아이를 위해서 보일러를 돌렸다. 안방 바닥이 훈훈해졌다. 퇴원하고 수술 부위가 다 잠기도록 하루에 4번 통 목욕을 했다. 화장실은 냉기가 심해서 목욕을 할 수 없었다. 아기 욕조에 물을 받아 안방에서 했다. 2~3시간 간격으로 목욕을 했다. 아이의 피부 모기 물린 것처럼 문제가 생겼다. 엎친 데 겹친 겹으로 감기에 걸렸다. 그때 수술 부위는 괜찮았다. 그러나 엄마의 무지함 때문일까? 운명의 장난이었을까? 머리를 쥐어짜고 흔들고 가슴이 멍이 들도록 때려 봐도 감당하기 힘든 일이다. 소아청소년과를 갔다. 피부에 바르는 약과 코 감기약을 처방해 줬다. 코감기약은 분홍색 물약이었다. 약을 바라보며 생각했다.

'이 약을 꼭 먹여야 할까?'

하루 방치했다. 아이의 감기가 더 심해지자 약을 먹이고 재웠다. 코 감기약에는 혈관을 수축하게 하는 성분이 있었다. 약을 먹으면 혈관이 수축하여 막힐 거라는 것을 알지 못했다. 약을 먹고 자고 일어난 뒤 아이가 울기 시작했다. 엄마는 이유도 모르고 당황했다. 목욕할 때도 울지 않고 약도 잘 먹는 아이가 고통을 내뱉었다. 머릿속 회로가 엉키면서 발을 동동 구르며 병원에 전화했다. 레지던트 의사가 소염진통제를 먹여 보라고 했다. 퇴원할 때 준 소염진통제를 다 먹이고도 아이는 울었다. 병원에 가겠다고 하니 교수님이 해외 연수 중이라고 했다. 가까운 의원을 찾았다. 의사는 수술 부위가 잘못되었다고 했다.

대학병원으로 가서 초음파 검사를 하니 수술 부위가 풍선처럼 부풀어 올랐다. 벌벌 떠는 손을 부여잡고 핸드폰에 저장된 레지던트 선생님에게 전화를 걸어 인근 대학병원에 왔다고 했다. 아이가 먹었던 약 이름을 말해달라고 했다. 의사가 뭐라고 말했는데 의학용어라 알아들을 수 없었다. 대학병원 의사 선생님에게 부탁했다.

"서울병원 선생님과 통화를 한 번 해주세요."

의사는 왜 자신이 그렇게 해야 하냐고 언성을 높였다. 내가 할 수 있는 일은 부탁하는 것밖에 없었다. 바닥에 주저앉아 두 손을 빌었다.

"선생님 제발 부탁드립니다."

핸드폰을 건너 받고 의사는 통화했다. 의사의 목소리가 한결 누그러졌다.

"일시적으로 주사기로 빼봅시다."

두부처럼 연약한 배에 주사기를 넣자 누렇게 뜬 피부색으로 정상으로 돌아왔다. 고통이 잦아들자 요한이는 흐느끼면서 잠들었다. 제대로 먹지도 못하는 아이의 울음소리가 다시 시작되었다. 다시 대학병원을 찾았을 때 간호사가 말했다.

"주사기가 큰 것밖에 없어요. 잠깐만 기다려주세요."

빠른 걸음으로 사라졌다. 간호사 선생이 빨리 와 주기를 기다렸다. 그런데 의사 선생님은 자신의 손가락 두 개를 합친 것보다 더 큰 주사기를 배에 찔렀다. 아기는 표정은 깡통이 찌그러지듯 일그러졌다. 3일 동안 아이는 주사기가 주는 고통을 고스란히 받아들였다.

담당 교수님이 안 계셔도 서울병원으로 갔다. 11월 26일 서울의 병원에 가서 마취했다. 초록색 가운을 입은 선생님이 나를 보더니 안쓰럽게 바라보았다. 품에 안긴 아기를 내어주는 엄마의 마음을 알고 고개를 죄송하다는 인사를 했다. 엄마의 아픔이 의사에게 전해졌다. 더는 아픔이 없기를 간절히 기도하며 시간을 보냈다. 그러나 고통은 끝나지 않았다. 12월 12일 다시 병원을 찾았다. 간호사 선생님이 수면제를 줬다. 아기를 위해 할 수 있는 일은 수면제를 먹이고 재우는 일이었다. 아기는 다른 때와 달리 온몸으로 거부했다. 수면제 몇 차례 넘기다 숨이 막혔다. 급기야 아기는 파랗게 질렸다. 옆에서 그 모습을 지켜보던 친정어머니께서 병원 복도로 뛰쳐나가 소리를 질렀다.

"사람 살려 주세요. 애가 숨을 못 쉬어요."

함께 있던 환자분들도 놀라 침상에 있는 버튼을 누르고 의사 선생님을 불렀다. 아기는 다시 숨을 쉬기 시작했다. 어째서 이런 일 나에게 벌어지는 것일까? 여기는 현실이 아니라, 말 그대로 불이 타오르는 생지옥이었다. 아이는 수면제를 먹고 잠들었다. 혈관을 확장하기 위해 수술실로 들어갔다.

'내가 괜한 짓을 했다. 그냥 아이를 키우면 될 것을 멀쩡한 아기를 수술시켜놓고 일을 크게 만들었다.'

원망과 자책의 날카로운 도끼로 가슴에 내려찍었다. 언제나 마지막이길 바라며 기도했다. 그러나 반복되는 수술로 지쳐 갔다.

'긴 터널의 끝은 어디일까? 끝이 있기나 하는 것일까? 곧 나을 거라는 의사와 간호사 선생님 말씀이 맞는 것일까? 마취를 계속 수술하니 머리는 괜찮을까? 왜 나에게 이런 일이 생기는 것일까?

12월 23일 다시 병원을 찾아 혈관 확장 시술을 받았다. 아기의 울음은 병원 복도 끝까지 전해졌다. 유리창 파편이 가슴에 콕콕 박혔다. 지친 몸을 이끌고 집으로 왔다. 12월 24일 크리스마스 전날 밤이다. 생애 처음으로 맞는 크리스마스이브, 요한이를 위해 트리를 장식했다. 아기는 반짝이는 불빛을 보며 신기해했다. 얼굴이 하얀 백지장처럼 핼쑥했다.

'고요한 밤, 거룩한 밤,'

밖은 하얀 눈으로 쌓여갔다. 새벽 2시에 고요한 정적을 깨고 다시 고통을 호소하며 울기 시작했다. 새벽에 전화하는 것도 용기가 필요한데 이제는 자연스러워졌다. 레지던트 의사 선생님께 전화하니 소염진통제를 먹이라고 했다. 먹여도 소용이 없었다. 아기를 안고 자동차로 올라탔다. 차가 움직이지도 못할 만큼 폭설이 내리고 있었다. 추운 날씨로 차의 시동이 걸리지 않았다. 천천히 달래가며 자동차 키를 세 번 돌리자 시동이 걸렸다. 세 사람은 서울로 향했다. 거리는 하얀 백설기 떡으로 뒤덮여 아기 예수님의 탄생을 축복하고 있었다. 가족과 따뜻한 집에서 성탄의 기쁨을 느끼고 싶었다. 그러나 제설 작업도 되지 않은 눈길을 거북이걸음으로 엉금엉금 기어갔다. 고속도로 요금소를 지나 고속도로에 들어서니 갑작스러운 폭설로 갓길은 사고 차량과 견인차로 뒤엉켜 있었다.

'제발 무사히 병원에 도착하게 해주세요.'

고통을 내뿜는 아이의 이마를 쓸어 주며 엄마는 기도했다. 병원에 도착하니 수술 부위로 아파하는 아기에게 간호사 선생님이 소독하고 아기에게 주삿바늘을 찔러 넣으려고 했다. 요한이는 흐느끼며 엄마를 바라보고 있었다.

'엄마 제발 저 좀 살려 주세요.'

아기의 눈빛이 엄마에게 전달되자 아기를 안고 눈 내리는 병원 밖으로 뛰쳐 나갔다. 신랑이 뛰쳐나왔다.

"제발 정신 좀 차려."

"요한이가 나보고 엄마 제발 살려 주세요. 라고 말했다고. 나는 더는 요한이에게 주삿바늘 꽂고 싶지 않아."

정신을 놓고 울었다. 아기를 안은 나를 부축해서 신랑은 응급실로 다시 들어왔다. 레지던트 선생님이 졸린 눈으로 하얀 가운에 손을 집어넣고 왔다.

"거기서 지금 여기까지 오신 거예요?"

'내가 할 수 있는 게 없었다.'

담당 교수님 뒤로 의사가 무리 지어왔다. 수술 부위가 터져서 문제가 생겼다고 말했다. 담당 교수님이 다른 의사에게 무어라고 말하고 사라졌다. 우리는 만원도 안 되는 돈을 내고 집으로 돌아왔다. 한해가 지났다. 아기는 아픔을 울음으로 호소했다. 병원을 찾으니 더는 수술 부위를 건들 없다고 했다. 당분간 수술 부위를 쉬게 하자고 했다. 부모는 또다시 힘겨운 결정을 내렸다. 아기를 또 초록색 가운 입은 의사에게 건넸다. 이번에도 수술하고 또 재수술해야 한다. 온몸에 기가 다 빠져 혈관의 피가 굳어지는 것 같았다. 예수를 십자가에 내리는 고통의 순간을 그린 카를로 크리벨리 피에타 성모님의 얼굴이 그대로 그려졌다.

'아기를 준비 없이 낳아서 이런 것일까?'

'돈 아끼자고 산부인과 제대로 안 가서 그런 것일까?'

'죄를 많이 지어서 그런 것일까?'

'신은 나의 기도를 듣고 계시는 것일까?

'과연 우리의 삶이 어디로 향하고 있는 것일까?

수술실 문 앞에서 주저앉아 있는 나를 청소부 아주머니가 일으켜 주었다.

"아기 엄마! 이러면 안 돼! 정신 차려! 힘을 내야지. 엄마는 강하니까 힘을 내야지. 여기 바닥에 앉아 있지 말고 여기에 앉아서 기다려. 아이고, 딱해라."

수술실 앞에 있는 이동식 침대에 나를 앉혀 놓고 등을 쓰다듬어 주었다. 그 손길은 사람의 손길이 아닌 신의 손길이었다. 따스함이 전해졌다. 피가 다시 돌기 시작했다. 그리고 아기가 나오길 두 손 모아 기도하기 시작했다.

책으로 키우다

6개월 후 재수술을 하자고 했다. 여러 번의 수술을 하고 수술과 또 수술이 기다리고 있었다. 병실에 있던 어머니가 말을 했다.

"수술을 여러 번 하면 머리가 나빠 진데요."

근거가 없지만, 또 틀린 말은 아니다. 마취를 여러 번 하니 그럴 수도 있겠다 싶다.

'어떻게 해야 할까? 생각에 잠겼다. 아이를 해 줄 수 있는 것이 무엇일까? 나는 아이의 엄마다. 분명 내가 해 줄 수 있는 것이 있을 것이다.'

그러다 문득 옆에 펼쳐져 있는 한 권의 책이 보았다. 왕관을 물속에 넣어 황금의 밀도를 측정할 수 있다는 사실을 깨달은 아르키메데스가 유레카를 외치고 알몸으로 거리를 뛰쳐나오듯 소리를 질렀다.

"책이다."

그전까지만 해도 책이 비싸서 단행본 책을 사서 읽어 주었다. 유아 전집을 뒤지기 시작했다. 가격은 10만 원에서 많게는 500만 원도 넘었다. 대출금을 갚기 위해 물빨래 쥐어짜듯 빠듯하게 살았다. 그러나 책을 사기 위해 곳간 문 열어젖혔다. 유아 전집을 구매했다. 손바닥 크기 동화책부터 기차처럼 늘어진 동화책을 밥 먹는 것처럼 매일 읽었다. 읽은 책으로 석가탑을 쌓아 올렸다. 집안일을 보고 있으면 아이가 쓱 기어와 책을 읽어 달라고 했다. 엄마는 물에 젖은 앞치마를 벗어 놓고 아이와 책을 읽었다. 어느 날 아이와 책을 읽는 모습을 보고 신랑이 말했다.

"어쩌면 엄마와 아기가 저렇게도 즐겁게 책을 볼까? 정말 행복해 보인다."

책 육아를 시작했다. 유아 전집이 없을 때는 단행본을 읽으면서 집에 있는 책에 만족했다. 그러나 책 육아에 발을 딛자 한 세트만으로 부족했다. 책을 또 사게 되었다. 신랑은 책이 있는데도 또 사느냐고 핀잔을 주었다. 신랑은 잔소리에도 책을 샀다. 집에 책이 쌓여가기 시작했다. 회사에서 보너스가 나오면 전부 책을 사들였다. 아이와 엄마는 책이 밥이었다. 어느 날 동네 엄마가 같이 문화센터에 다니자고 했다. 등록을 하고 몇 번 다녔는데 아기 띠를 매고 문화센터 다니는 일이 보통 힘든 게 아니었다. 문화센터에 문턱을 넘기에 엄마의 체력이 부족했다. 문화센터를 그만두고 아이와 책을 읽었다. 책을 보면서 까꿍을 배웠다.

"까꿍."

외출은 하지 않고 집에서 지냈다. 언제나 집에는 잔잔한 음악이 흘렀고 바닥에는 책이 쌓여 있었다. 아이의 첫 돌이 눈앞에 다가왔다. 돌잔치를 할까 말까? 두 가지 마음이 갈등했다. 모든 결정권은 엄마에게 있었다. 자신의 결정도 제대로 내리지 못하는데 아이의 결정권이 엄마에게 주어졌다. 옛말에 어른 말 잘 들으면 자다가도 떡이 생긴다고 했다. 양가 부모님께 여쭤보고 결정을 내렸다.

돌잔치를 예약했다. 돌잔치를 한다고 하니 준비물이 많았다. 신랑과 하나씩 결정을 했다. 돌잔치의 주인공은 아이인데 막상 돌잔치를 준비하다 보니 손님이 먼저였다. 손님의 식사와 선물을 정성스럽게 준비했다. 병원에 있을 때 바깥세상에서 펼쳐지는 모든 일상이 부러워 보였다.

'나도 저들처럼 살아봤으면.'

바깥세상에 살게 된 것에 감사하며 차근차근 준비했다. 돌잔치 날이 되자 정장과 한복을 번갈아 가며 입었다. 많은 사람이 아이를 보고 축하한다고 건강하게 자라라고 덕담을 해주었다. 덕담에 담긴 말을 하나도 남기지 않고 가슴에 새겼다.

"감사합니다. 감사합니다."

고개를 숙여 가며 진심을 담아 인사했다. 돌잔치 영상을 신랑이 혼자서 만들었다. 전날까지 영상을 보여주지 않았다. 돌잔치가 시작되고 사회자가 불을 끄고 스크린으로 동영상이 시작되었다. 영상에 담긴 사진과 동영상은 신혼부터 임신 그리고 출산 아이가 성장하는 과정이다. 신랑이 영상을 만들면서 가장 힘들었던 것이 요한이 사진이 몇 장밖에 없었다는 것이다. 생후 6개월 계속 병원에 있었기에 동영상에 올릴 만한 사진이 없었다. 마지막에 엄마 품에서 해맑게 웃는 사진 뒤로 아빠가 쓴 편지가 자막으로 올라왔다. 동영상 편지를 보고 진주 같은 눈물이 베이지색 구두에 뚝뚝 떨어졌다. 양가 부모님도 눈물을 훔쳤다. 축제의 노란 불이 켜지고 아이를 안고 돌잔치 상 앞으로 걸어갔다. 돌잔치가 시작되기 전에 사회자님께 부탁했다.

"돈 받는 것은 안 했으면 좋겠어요."

"네 알겠습니다."

사회자님도 바로 알아듣고 사회를 깔끔하게 진행했다. 돌잡이 시간 아이는 파란 지폐를 손에 쥐고 흔들었다. 양가 할아버지 할머니께서 크게 웃으셨다. 손주 걱정으로 깊어가던 주름이 연꽃처럼 활짝 피는 순간이었다. 할아버지는 코가 밝게 지도록 약주를 드시고 할머니는 입가에 미소가 떠나지 않았다.

사회자가 신랑을 불러냈다. 나비넥타이를 한 신랑에게 사회자가 주문을 걸었다.

"춤을 춰주세요."

신랑은 팔을 흔들어가며 막춤으로 그날 분위기를 한 것 띄웠다. 요한의 아픔을 알고 있는 사람들이 슬픔을 잊고 박수를 보내며 함박웃음을 지었다. 신랑은 참석해 준 모든 사람에게 감사의 인사말을 전했다. 돌잔치를 마치고 집에 들어와서 이렇게 좋은 시간을 허락해 주셔서 감사합니다. 기도하고 신랑에게 말했다.

"어떻게 그렇게 멋있게 인사말을 준비했어요?"

"사실 나 요한이가 태어나면서부터 인사말 준비했어."

'아, 이 사람 생각이 깊은 사람이다.'

다시 보게 되었다. 아이가 태어나면서 생각지도 않은 많은 일이 생겼다. 그런데도 아이의 아빠는 아이를 위해 돌잔치 인사말을 준비했다. 만약 돌잔치를 안 했다면 어쨌을까? 아빠의 재발견이었다.

"당신 참 멋있는 아빠예요. 존경합니다."

병원 생활을 하면서 신랑은 승진시험에 합격하고 우수사원 상과 칭찬 상을 받았다.

"요한아, 요한이 아빠는 참 멋있는 아빠다. 그렇지."

동갑인데도 시간이 갈수록 신랑을 존경하게 되었다. 돌잔치가 끝나고 사진을 인화해서 액자에 넣어 두었다. 어느 날 책을 판매는 사람이 왔다. 벌써 많은 책을 사서 친분이 두터웠다.

"요한아 잘 있었니?"

인사를 하니 요한이가 기어가서 액자를 가져와서 돌잔치 사진을 자랑스럽게 보여주었다. 가슴이 뭉클했다.

'아기인데 다 알고 있구나.'

요한이는 다른 아이보다 작았다. 다른 아이는 뛰어다녔지만 요한이는 배밀이를 했다. 친정어머니가 말했다.

"돌잔치 하는데 아기가 너무 작다고 사람들이 다들 걱정했어. 걷지도 못한다고 그러는데 속상했다."

언제까지 속상할 수만 없었다. 정신 차리고 병원이 아닌 집에서 아이랑 책을 보면서 지낼 수 있는 현실에 감사하기로 했다. 2012년 6월 병원에서 대수술을 기다리는 엄마의 심정을 누가 알까? 요한이는 이유식을 먹지 않았다. 모유수유에만 매달렸다. 병원 생활을 하면서 이유식 시기를 놓쳤다. 수술하려면 살이 붙어야 했다. 엄마는 애가 탔다. 이유식에 문제가 있나 싶어 배달 이유식을 시켰다. 숟가락에 혀만 대고 바로 밀어냈다. 아이들이 좋아하는 과자나 유제품도 먹지 않았다. 음식을 먹다가 피부병이 일어났다. 출산하고 풍만했던 젖가슴도 돌이 지나니 풍선에 김빠지듯 서서히 줄어가고 있었다. 새 모이만큼이라고 밥을 집어넣기 위해서 노력했다. 유명한 이유식 책을 사서 맛있는 이유식 만들기에 도전했다. 아이는 먹지 않았다. 엄마의 속은 까맣게 타들어 갔다. 주방의 음식 재료를 내려놓고 아이와 책을 읽었다. 아이는 책을 즐겁게 읽었다. 하루 세 숟가락 밥을 먹으면 그것으로 감사하며 다이어리에 적었다.

'오늘 요한이가 밥을 세 숟가락 먹었습니다. 감사합니다. 감사합니다.'

수술 날짜가 다가오자 들에 핀 꽃의 향기도 전해지지 않을 만큼 마음이 조급

해졌다. 두려운 마음을 붙잡고 들 꽃향기가 편하게 느낄 수 있도록 기도했다. 무거운 마음을 샤워기의 물줄기로 훌훌 떨어 버리고 나왔다. 요한이가 서랍에서 옷을 꺼내서 엄마에게 내밀었다. 사려 깊은 아이의 행동을 보고 한 겹 품에 안는다.

"고맙다 고맙다. 태어나줘서 고마워. 우리 아들."

그날 아이를 품에 안고 퇴근한 아빠가 방문을 들어올 때까지 책을 읽었다.

아이는 생각보다 강하다

이유식을 거부하는 아이, 소아청소년과 가서 상담을 받았다.

"아이가 이유식을 너무 안 먹어요."

"철분이 부족하면 그럴 수 있어요. 철분제를 사서 먹여 보세요."

아이 목구멍으로 음식물이 넘어갈 수 있다면 무엇이든 다 할 수 있었다. 철분제를 먹고 얼마 후 아이의 앞니가 시커멓게 변하게 되었다. 앞니에 김을 붙여 놓은 까맣게 변했다. 시커멓게 변한 앞니를 보고 속상했다. 치과에 가서 물어보니 치아가 철분제에 의해서 변색 되었다고 했다. 긁어내지 못하니 영구치날 때까지 기다려 보라고 했다.

'돌 지난 아이가 영구치가 날 때까지 까맣게 지내야 한다니!'

엄마의 잘못된 선택 때문에 아이의 이가 변색 되었다고 자책했다.

'내 탓이오. 내 탓이오. 내 탓이로소이다.'

태어나서 아기를 수술대에 올려놓기를 반복하는 엄마, 육아의 선택과 결정에 안절부절못하는 엄마, 갑상선 항진증약을 먹으며 모유 수유하는 엄마, 이유식도 제대로 못 하는 엄마, 아이의 치아를 변색하게 만든 엄마, 몹쓸 엄마였다.

'어떻게 나 같은 여자가 애 엄마가 된 것일까?'

레오나르도 다빈치 작품 중 성 예로니모 작품이 있다. 예로니모는 욕망이 들끓을 때마다 가슴팍을 돌멩이로 내려쳤다. 아이를 생각하며 돌멩이로 가슴팍을 내려쳤다. 먹지도 않은 아이가 지독한 감기에 걸려 열이 39도가 넘었다. 수술 전까지 10kg을 넘겨보려고 했지만, 열꽃이 지면서 1kg이 더 빠졌다. 아이와 산책을 하면서 기분을 전환하기 위해 나갔다. 그런데 아이를 보면서 지나가는 사람이 말한다.

"얘, 너 엄마 말 안 들어서 이가 더 썩었구나."

가슴 한편이 시려 온다. 수유를 끊어야 밥을 먹을까? 대수술을 앞두고 수유마저 끊어버리면 어떻게 할까? 젖을 떼지 않고 입원하기 위해 짐을 쌌다. 큰 트렁크에 50권의 책을 담았다. 작은 트렁크에는 옷과 세면도구 슬리퍼가 다였다. 우리 가족은 또 기나긴 여행을 가기 위해 한강 다리를 건넜다.

"요한아, 여기는 한강이란다."

"우와."

은빛으로 반짝반짝 수를 놓은 한강을 보며 아이는 감탄사를 내뱉었다. 병원에 도착해서 다인실을 신청하고 2인실에 짐을 풀었다. 아이는 환자복으로 갈아입고 손등에 링거를 달았다. 주사액이 들어가지 않아 링거를 빼고 다시 주삿바늘을 꽂았다. 3번이나 반복되는 과정을 지켜보면서 엄마의 가슴에 피멍이 들었다.

'왜 자꾸 이런 일이 생기는 것일까?'

엄마의 마음을 아는지 아이는 아픔을 내색하지 않고 견뎌냈다. 크리스마스 전날 응급실에서 보낸 눈빛과 달랐다.

'엄마, 잘 할 수 있어요. 걱정하지 마세요.'

눈빛을 보내며 아이는 이동 침대를 타고 수술실로 들어갔다. 초록색 가운으로 갈아입고 아이랑 마취하는 곳에 손을 잡고 있었다. 옷을 입고 가운을 입었는데 공간이 주는 서늘함이 뼛속까지 시렸다. 기계음이 웅장하게 귀에서 맴돌았다. 마취과 선생님이 오셨다. 아이의 이름을 확인하고 주사액을 넣자 아이는 스르르 눈을 감았다. 엄마는 또다시 초록색 가운을 입은 사람들에게 아이를 건네주었다.

'잘 다녀와. 잘 다녀와. 잘 다녀와.'

응급으로 마취 없이 수술실에 들어가며 몸부림쳤던 아이, 수면제를 먹고 숨이 멎었던 순간, 혈관이 막혀서 3일 동안 주사기를 사용했던 일들이 주마등처럼 스쳐 지났다. 제발 이것이 마지막 수술이 되기를 간절히 기도했다. 한참을 떠나지 못하고 있는 엄마를 수술실 관계자의 부축을 받아 대기실 밖으로 나왔다. 무거운 침묵으로 대기실에서 수술현황판만 바라보았다. 억만큼의 시간이 흐르고 아이가 나왔다. 아이는 머리에 하얀색 두건을 쓰고 있었다. 이동 침대를 밀고 나온 사람에게 물었다.

"왜 아이의 머리에 두건이 있나요?"

"저도 모릅니다."

짧게 대답하고 입원실에 아이를 내려놓고 사라졌다. 레지던트 의사가 왔다.

"왜 머리에 이게 있나요?"

"아, 이거요? 아무것도 아니에요."

머리에 하얀색 두건을 빼서 아무렇지 않게 침대 밑에 있는 쓰레기통에 넣어 버렸다. 놀란 가슴을 쓸어내리고 수술 부위를 여는 순간 그 참혹함에 몸을 부들부들 떨었다. 그것은 마치 피로 붉게 물든 전쟁터의 한 장면이었다. 아이 입에서 젖 냄새가 아닌 가스 냄새가 난다. 등을 두드리며 폐에 있는 가스를 빼낸다. 가스가 아이 입에서 토해 나온다. 2시간 동안 반복하던 것을 멈추고 돌처럼 딱딱하게 굳은 젖가슴을 내밀고 젖을 물렸다. 벽을 타고 들려오는 구두 소리가 들려온다. 병실 문이 열리고 하얀 가운을 입은 선생님들이 들어온다. 머리가 백발인 담당 교수님이 앞에서 수유를 계속한다. 교수님의 자물쇠 같은 입이 열렸다.

"제가 할 수 있는 일은 다 했습니다. 기도하세요."

대한민국의 최고 명의에게 나온 말이 기도였다. 말의 무게가 어떤 건지 알았다. 내가 할 수 있는 것이 있어 감사했다. 기도하며 수술 부위에 이물질이 묻지 않도록 필사적으로 지켰다. 신랑은 새벽 5시에 일어나 밤 10시가 넘어서 돌아왔다. 혼자서 수술 부위를 지키는 것은 어려웠다. 옆에 있는 보호자에게 도움을 청했다. 힘든 일인데 기꺼이 도와주었다. 아이가 잠들고 이야기를 나누게 되었다. 옆 침대 보호자는 자부심 강한 대한민국의 여군이었다. 엄마도 건강했고 아이도 건강했었다. 물놀이하고 아이가 경기를 시작하며 삶이 변했다고 했다. 병원 생활을 하면서 사람들과 힘겨운 사연을 나누게 되었다. 서로의 아픔을 들어주는 것만으로도 치유가 되었다. 보호자가 없을 때는 간호사 선생님이 도와주었다. 착한 손을 모아 기도했다.

'감사합니다. 감사합니다.'

계절이 바뀌고 반복되는 병원 생활이 지쳤는지 생각 없이 담당 교수님에게 질문했다.

"언제 퇴원 하나요?"

"그런 질문 하지 마세요."

입술을 손바닥으로 내리쳤다. 그 후 얼마의 시간이 흘렀을까? 아이의 수술 부위 붕대를 풀었다. 그런데 이런 날벼락이 있을까? 수술 부위가 아물지 않고 수박 속처럼 빨갛게 혈관이 그대로 드러나 있었다. 의사는 봉합 수술하기 위해 다시 수술실에 들어가야 한다고 했다.

'어떻게 이럴 수 있나? 신은 도대체 어디서 무엇을 하고 있는가? 인간의 영혼을 흔들어 놓을 수 있을까?

엄마는 생살을 도려내는 아픔이 간접적으로 느꼈다. 그러나 침대에 누워 있는 아이는 무엇인가? 생살이 찢어지는 고통을 그대로 느끼고 있지 않은가? 머리를 잡아 뜯었다. 몸에 상처를 내고 싶었다. 아이의 고통을 반으로 줄인다면 무엇이든 하고 싶었다.

요한이는 다시 이동식 침대에 누워 수술실에 들어갔다. 차가운 공기와 시끄러운 기계음을 다시 마주하게 되었다. 침대에 누워 움직이지 못하는 아이의 머리 쓸어 주었다. 마취 주사를 맞고 스르르 눈을 감았다. 봉합 수술을 하고 나온 아이의 수술 부위를 보고 시간이 정지되었다.

'앞으로 아이가 얼마나 힘들까?

커다란 바위 돌 하나가 가슴에 박혔다.

병실에서 휴게실까지 멀지 않았다. 냉장고에서 이유식을 꺼내기 위해 아이를 휴게실에 두고 잠깐 자리를 비웠다. 빠른 걸음으로 휴게실에 가니 젊고 키가 작은 레지던트 선생님이 요한이랑 함께 있었다.

가슴이 철렁 내려앉았다.

"무슨 일 있어요?"

"아니요. 지나가는 길에 요한이가 혼자 있어서 걱정되어 함께 있었어요."

아이를 보며 양손으로 손을 흔들고 가던 길을 갔다. 그의 따뜻한 마음이 전해졌다. 수술 후 병실이 아닌 컴퓨터가 있는 방에서 레지던트 선생님이 관찰했다.

"아이들은 선생님만 봐도 우는데 우리 요한이는 안 우네. 우리 요한이는 1등이야! 정말 대단하고 용감해!"

머리를 쓰다듬어 주고 눈을 돌려 나를 보며 말했다.

"요한이 정말 용감하게 잘 키우셨어요. 어머님도 대단하시고요."

의사 선생님은 어려웠다. 그런데 그 순간 무척 따뜻했다.

긴 시간 병원 생활을 하고 집에 왔을 때 몸에 묵직한 철근이 매달려 수렁으로 빠져드는 것 같았다. 그런데도 잠든 요한이를 보고 있으니 사람이 샘 솟았다.

"사랑한다. 요한아."

이마에 뽀뽀를 살며시 해 주었다.

언제 고통이 멈출까?

퇴원 소식을 듣고 시어머니와 시누이가 집으로 오셨다. 시누이가 다니는 교회 목사님 부부도 함께 오셨다. 목사님은 대학생처럼 보였고 사모님은 한들한들 휘날리는 코스모스처럼 가냘파 보였다. 수술 부위를 보여드리자 사모님 입에서 기도가 흘러나왔다.

"오 하나님, 주여 보살펴 주세요."

가운데 아이를 눕히고 원형으로 둘러앉아 기도했다. 두 손 모아 기도하고 찬송가를 불렀다. 기도가 끝나고 있었던 요한이의 병원 생활의 과정을 말했다. 묵묵히 듣고 계시던 목사님 사모님이 입을 열었다.

"저는 불치병이에요. 혈액을 따고 다니는 병이라 고통이 여기저기에서 끊이지 않아요. 혼자만 힘든 게 아니에요. 함께 기도하며 살아요."

한 번도 만난 적 없는 사람이 먼 곳에서 와 진심으로 기도해 주고 손을 잡아

주었다. 기도에 용기가 났는지 성당에 전화해서 요한이 사정을 말했다.

"병사성사하러 갈게요."

병자성사는 가톨릭의 7대 성사 가운데 하나로 위급하게 앓고 있는 신자에게 고통을 덜어주기 위해 하는 성사이다. 요한이는 병자 성자를 받았다. 나무로 만든 묵주를 꺼내서 묵주기도를 시작했다. 결혼하기 전부터 묵주기도를 했다. 목적 있는 기도였다. 결혼 전에 50가지 구체적인 글을 쓰고 기도했다.

'이런 사람과 결혼하게 해주세요.'

결혼하고 나서 또 기도했다.

'아기를 갖게 해 주세요.'

뒤돌아 생각해 보니 모두 들어주었다. 요한이가 병원 생활을 하면서 지금까지 했던 기도보다 더 많이 간절하게 기도했다. 눈앞의 고통 앞에서 당장 이루어지기를 기도했다. 그러나 바로 이루어지지 않자.

'왜 안 들어주세요. 빨리 들어주세요.'

아이처럼 칭얼거리며 기도했다. 뒤돌아보니 기도는 한순간에 반짝이는 불빛처럼 이루어지지 않았다. 사춘기 시절 깜깜한 밤에 성당을 찾아 무릎을 꿇고 기도했던 나를 한순간에 바꾸어 놓지는 않았다. 그러나 바른길 갈 수 있게 도와주었다. 결혼도 굽이치는 강물처럼 흐르고 흘러 신랑을 만나게 되었다. 아이의 아픔도 한순간에 낫지 않았다. 시간이 지나며 육체적 고통으로부터 잔잔해졌다. 다시 친구 말이 떠올랐다.

"너는 기도 발이 참 잘 받는 아이야."

친구의 말이 맞는 것일까? 기도는 목적이 있다. 기도했기에 목적을 향해 가는 것이 아닐까? 요한이와 성당 유아 방에서 미사를 드렸다. 기저귀를 가는 아이, 이유식을 먹는 아이, 장난감을 가지고 노는 아이들로 가득한 놀이터나 다

름없다. 고사리 같은 아이 손을 잡고 미사 드리는 부모를 보면서 생각했다.

'나도 저들처럼 평범한 부모가 되고 싶어요.'

2012년 대수술을 끝내고 살이 아물지 않아서 봉합 수술을 했다. 끝없이 계속되는 수술을 앞에 두고 간호사 선생님에게 물었다.

"언제 고통이 멈출까요? 그런 날이 올까요?"

막막한 어둠의 터널에서 나오는 그날이 왔다. 작은 시술도 받지 않고 진료를 봤다. 담당 교수님이 침대에 누워 아이 상태를 보고 세면대에서 손을 닦으며 말했다.

"2년 뒤에 오세요."

2년 뒤의 아이 모습을 그려보았다. 여느 아이들처럼 평범하게 유치원 다니고 있는 모습이었다. 손을 모아 기도했다.

'정말 간절히 원합니다.'

집안에 온기가 돌기 시작했다. 시누이가 아이들이 보던 책을 5박스나 실어서 보냈다.

"오래된 책이지만 우리 아이들이 보던 책이야. 책 좋아한다니까 생각나서 보내."

"이렇게 많은 책을 보내 주시다니 정말 감사해요."

핸드폰에 대고 허리를 굽혀 인사를 했다. 며칠 후에는 시누이 회사 동생이 책을 정리한다며 3박스를 승용차에 가득 실어 보내 주셨다.

"매번 감사합니다."

"아니야. 해 준 게 없어서 미안해. 그런데 집 그러다 무너져 내리는 거 아니냐? 하하하."

정말 그랬다. 주방의 서랍장도 뜯어내고 책장을 설치했다. 집은 책장으로 가득 차서 벽지가 보이지 않았다. 내가 사들인 책과 시누이가 보내 준 책으로 아동도서관이 되었다. 요한이에게 책이 장난감이었다. 계절이 바뀔 때마다 책을 구매했다. 중고 책이라 마트에서 변신 자동차보다 가격이 저렴했다. 책을 보는 요한이 모습을 보며 신랑이 말했다.

"필요한 책 있으면 다 사줄게."

집안일을 하고 있으면 요한이는 혼자서 책을 읽었다.

16개월 창영이는 걸음마와 함께 말을 시작했다.

"혹시 비버 못 봤어요? 비버?"

책에서 나온 문장을 한 번에 말했다.

"뭐라고? 요한아, 다시 한번 해봐?"

"혹시 비버 못 봤어요? 비버?"

아이는 정확하게 문장을 구사하고 의사 표현을 했다. 노래를 따라 하고 아이의 언어는 폭발적이었다.

"○마트 또 왔네."

간판을 보고 글씨라도 읽는 듯이 말했다. 신랑이 말했다.

"다 당신 덕이야."

"아니야 당신이 도와줘서 가능했던 일이에요. 믿어줘서 고마워요."

요한이는 잘 걷고 말도 잘했다. 먹는 것만 잘 먹는다면 아무런 문제가 없었다. 결정의 시간이 찾아 왔다. 엄마는 단호해져야 했다. 아이가 18개월이 되자 젖떼기로 했다. 시어머니는 신랑이 초등학교 다녀와서도 젖을 먹었다고 했다.

"엄마 젖이 그렇게 맛있어?"

"응, 세상에서 제일 맛있어."

혀로 U자를 만들면서 젖을 내보였다고 했다. 나도 요한이가 밥도 잘 먹고 이가 상하지 않았다면 유치원 졸업 할 때까지 먹이려고 했다. 그런데 이유식도 안 먹고 이도 상했기 때문에 어쩔 수 없이 젖을 떼야 했다. 젖을 주지 않자 아이는 진주 방울 만한 눈물을 뚝뚝 흘렸다.

"엄마 찌찌 주세요."

"요한아 이제 엄마 찌찌 안 나온 데 이제 찌찌랑 안녕해야 해요."

말을 하자 아이는 더는 젖을 찾지 않았다. 아이는 엄마 눈을 보면 바로 알아들었다. 다음날 설거지를 하던 나를 멍하니 바라보다 거실로 가서 책을 펼쳤다. 마음 약한 엄마는 아이가 체념하는 모습을 보조 주방 한구석에서 엉엉 울었다. 아이는 엄마보다 더 잘 참고 견디었다. 젖을 말리기 위해 양배추를 대고 있으니 젖가슴은 바람 빠진 풍선처럼 푹 꺼졌다. 18개월 동안 아이가 먹던 모유가 한 방울도 나오지 않았다. 아이를 품 안에 안고 젖을 먹이고 가제 손수건으로 입 닦을 때가 떠올랐다. 수술실 들어갈 때 빼고 아이를 품에서 내려놓지 않고 젖을 먹였다.

닭고기 죽을 만들었다. 한입을 먹더니 두 번째는 바로 뱉어 버렸다. 집안은 온통 이유식을 먹다 뱉은 음식으로 끈적끈적했다. 밥을 해서 먹였다. 아이는 입에 물고 있다가 엄마가 안 보이는 사이 의사와 식탁 밑에 뱉어 놓았다. 요구르트는 먹겠다 싶어 뚜껑을 따서 아이에게 주었다. 뒤돌아 집안일을 하고 아이를 보니 요구르트를 상에 부어 놓고 얼굴에 대고 세수를 하고 있었다. 아이 얼굴은 하얀 가면의 가오나시가 되어 있었다. 그 모습을 보고 핸드폰 동영상을 찍어 신랑에게 전송했다. 신랑은 회사에서 일하다 말고 동영상을 보고 웃음이 터져 사람들의 시선을 온몸으로 받았다고 했다. 아이는 먹는 것보다 음식으로 장난치는 것을 더 좋아했다. 단, 하나 잘 먹는 것이 있었다. 병원 편의점에서 제비처럼 이것저것 물어 날리다가 걸려 들은 것이 잣이었다. 잣을 접시에 담아 주면 장난치지 않고 먹었다. 잣을 죽을 끓여 그릇에 담아 주었다. 아이는 한 숟가락을 받아먹더니 바로 혀로 밀어냈다. 음식 솜씨 없는 손을 탓하며 동네를 돌아다니며 이유식을 구걸했다. 잘 먹는 아이 집에서 숟가락과 이유식을 얻어먹였다. 소용없었다. 오히려 잘 먹는 아이가 우리 집에 와서 해 놓은 이유식 비우고 더 달라고 했다. 아이의 엄마가 나보고 말했다.

"지은아, 어쩜 너는 음식 솜씨가 이렇게 좋니?"

냄비에 있는 이유식을 싹싹 긁어내서 아이 엄마에게 주었다.

'아이 목구멍에 음식 거부 장치라고 달린 것일까?'

아이의 목구멍을 들여다봤다. 도대체 왜 안 먹는 것일까? 생각해 보니 내가 먹지 않았다. 아이와 생활하면서 식사하는 것이 사치였다. 성 예로니모처럼 굶으면서 돌로 가슴팍을 찍어내는 일만 반복했다. 결국 안 먹는 엄마가 안 먹는 아이를 키웠다.

'이것 또한 내 탓이다.'

하늘이 보내주신 선물

집으로 돌아와 다른 사람들처럼 쓰레기 종량제 봉투에 기저귀 버리는 일상이 찾아 왔다. 마트에서 장 보는 발걸음이 깃털처럼 가벼워졌다. 햇살 좋은 날, 아빠 손을 잡고 놀이터를 찾았다. 형제끼리 서로 시소를 타고 그네를 타고 밀어주는 모습이 눈에 들어왔다.

'우리 요한이는 혼자인데.'

요한이와 함께 있을 동생이 있으면 좋겠다는 생각이 들었다.

"둘이 있으면 좋겠지?"

"나도 그 생각하고 있었어."

첫째의 출산의 고통을 알면서도 어디서 용기가 생겼는지 둘째를 갖게 되었다. 임신 소식을 듣자 친정아버지가 저녁을 같이 먹자고 불렀다. 문 앞에서 잔칫집 음식 냄새가 났다. 어머님은 물 묻은 손을 행주에 닦으며 맞이해 주었다.

"오 우리 사위 왔는가? 아이고 귀한 내 새끼 이리 앉아서 어서 먹자."

불고기와 생선찌개 각종 나물과 김치와 달걀 반찬을 두고 상다리가 부러지지 않을까 싶었다. 친정어머니가 해준 윤기가 자르르 흐르는 쌀밥을 먹자 온몸에 따뜻한 기운이 퍼졌다. 후식으로 아이와 빨갛게 잘 익은 딸기를 먹고 있는데 신랑과 부모님이 안 보였다. 얼마 후 신랑이 아버지 서재에서 나왔다. 집으로 돌아오는 차 안에서 신랑에게 물었다.

"아까 서재에서 무슨 말을 했어?"

"장인어른께서 둘째만 낳고 그만 낳으래. 장모님은 펑펑 우셨어."

차 안에서 잠든 아이를 안고 가는 신랑의 어깨가 무척 무겁게 느껴졌다.

호환 마마보다 더 무서운 입덧이 시작되었다. 물만 먹어도 토했다. 집에 있는 아이를 위해서 음식을 해야 하는데 아무것도 할 수 없었다. 엄마는 눈만 뜨면 변기통에 머리를 박고 토했다. 아이는 토하는 엄마를 지켜보았다. 입을 닦고 나와서 눈물이 그렁그렁 맺힌 아이를 보며 말을 했다.

"요한아, 엄마 배 속에 요한이 동생이 있어. 자연스러운 거니까 너무 걱정하지 마."

아이는 눈물을 훔치며 책을 펼쳤다. 첫째 아이는 이유 없이 제왕절개를 했지만, 수술 후유증이 심해서 브이백이 가능한 산부인과를 찾아갔다. 브이백은 제왕절개를 한 산모가 다음 출산 때 순산하는 것을 말한다. 위험성 때문에 대부분 의사는 권하지 않는다. 하얀 얼굴에 안경을 쓴 남자 선생님이 말했다.

"브이백 가능합니다. 가장 중요한 것은 산모의 의지입니다. 90% 산모 의지고 나머지는 제가 돕겠습니다."

브이백은 조건이 있다. 산모의 체중 유지와 아이 몸무게 3.5kg 이상이 되면 안 된다. 산부인과에서 엽산도 처방도 해줬고 입덧이 심해서 함부로 수액을 놓지 않았다. 링거를 통해 환경호르몬이 들어가면 태아에게 치명적일 수 있다는 기사를 요한이를 낳고 접하게 되었다. 첫째 때 많은 것을 놓쳤다. 둘째는 정상적인 병원에서 진료를 받으며 꼼꼼히 챙겼다. 기형아 검사를 통과했다. 첫째 아이의 태동은 발자국이 보일 정도로 빵빵 찼는데 둘째 아이는 배 속에서 꼬물꼬물했다. 딸꾹질도 했다. 배가 올록볼록 올라왔다. 요한이에게 동생 딸꾹질 소리를 들어보라고 했다. 임산부 배가 불러 왔지만, 몸의 움직임은 날렵했다. 임신부로 보지 않았다. 12월 막달에 접어들자 본격적으로 운동을 시작했다. 아이를 어린이집에 잠깐 맡기고 아이젠을 끼고 뒷산에 올라 3시간을 산행했다. 의사가 말했다.

"상 드려야겠어요."

요한이를 어린이집을 보름 다니고 배가 아파서 대학병원 응급실에 갔다가 초음파, 엑스레이, CT 검사를 진행했다. 다음날 소아청소년과 갔더니 장염이라고 했다. 부모의 잘못된 선택으로 아이가 고생했다. 어린이집을 다니면서 면역력이 약한 아이는 감기와 장염을 달고 지냈다. 결국 어린이집 적응 기간 한 달을 넘기지 못하고 그만두었다. 대신 요한이를 유모차에 태우고 운동장을 한 시간 넘게 돌았다. 집에 돌아와 보니 아이의 손이 차디찼다.

"우리 아들 왜 춥다고 말 안 했어?"

"괜찮아요. 걱정하지 마세요."

춥다고 집에 가자고 떼를 썼다면 억지로 운동장에 나가 운동을 했을 것이다. 그러나 아이의 말을 듣고 단념하고 친정으로 짐을 싸서 들어갔다. 요한이를 친정어머니께 맡기고 하루 3시간씩 운동을 했다. 미세먼지가 심한 날에는 25층을 1시간이 넘도록 오르락내리락했다. 지루했지만 배 속 아이를 생각하면 못할 것이 없었다. 예정일 2일을 앞두고 배가 사르르 아파왔다.

"자기야, 나 배 아파."

"그래? 내일 병원에 가봐."

새벽에도 배가 사르르 아파왔다. 처음 느껴본 고통에 머리를 갸웃했다.

'진통인가?'

새벽에 일어나 출근 준비를 하는 신랑에게 말했다.

"잠 한숨도 못 잤어. 배가 사르르 아파."

"오늘 꼭 병원에 가봐. 무슨 일 있으면 전화해."

"알았어. 자기야 잘 다녀와."

현관 앞에서 포옹했다. 병원에 전화했다.

"저 브이백 할 산모인데 배가 사르르 아파요."

"진통 간격이 주기적인가요? 대변을 볼 것처럼 아픈가요?"

"네,"

"그럼 지금 바로 짐을 싸서 오세요."

'아, 이런 게 진통이구나.'

요한이가 곤히 자고 있어 진통이 5분 간격이 와도 참았다. 8시가 되자 눈을 비비며 일어났다.

"엄마"

"그래 우리 아들 잘 잤어? 요한아 이제 딴딴이가 나오려 하나 봐. 엄마 병원에 가야 해. 딴딴이 나오면 엄마 병원에 있어야 하는데 그동안 할아버지 댁에서 잘 지낼 수 있지? 그럼 밥 먹고 엄마랑 같이 병원에 가자."

식탁에 앉아 아침밥을 먹었다. 아이가 밥을 먹으면 모든 준비가 된 것이다. 짐을 싼 가방을 들고 병원으로 향했다. 병원에 가는 길 하얀 솜처럼 하얀 눈송이가 하나둘 떨어졌다. 병원에 가니 바로 분만실로 가라고 했다. 예전 산부인과 분만실은 차갑고 무서웠다. 그러나 이곳은 살굿빛으로 기분이 편안했다. 은은한 클래식 음악을 감상하는데 옆방 산모의 비명이 들려왔다.

"아 악."

"도대체 어느 정도 아파야 비명이 나오나요?"

간호사 선생님에게 물어봤다.

"곧 알게 될 거예요."

양수가 터지고 진통이 시작되었다. 무한정 속도로 하늘로 치솟다가 땅으로 떨어지는 기분이랄까? 말 그대로 하늘이 노랬다. 그래프가 올라가면서 아이의 심장박동수가 떨어진다는 이유로 바로 제왕절개를 했다. 같은 현상이 생기자 신랑이 물어보았다.

"수술해야 하나요?"

"이건 분만할 때 자연스러운 현상입니다."

분만할 때 자연스러운 현상을 의사만 믿고 있던 산모에게 칼을 대어 제왕절개 했다. 배신감이 들었지만, 다시 오는 진통으로 소리를 질렀다.

'브이백은 산모의 의지가 90%입니다.'

의사 선생님이 왜 산모의 의지를 강조했는지 깨달았다.

"선생님, 너무 힘들어요. 못하겠어요."

"애가 나오는데 왜 그런 말을 하세요. 마지막 힘을 주세요."

마지막 힘을 주는 순간 쑥하고 미끄러지는 무엇이 나왔다. 간호사의 움직임 빨라졌다.

"애 앵."

공주의 탄생이었다. 공주는 수줍게 울었다. 배 속에 있을 때도 수줍게 있더니 울음소리도 작았다. 품에 안긴 공주는 요한이를 닮았다. 오빠는 2.6kg으로 태어났는데 동생은 1kg이나 크게 태어나서 볼살이 통통했다.

"딴딴아, 고마워. 사랑해."

가슴으로 안은 아기는 저절로 젖을 찾아 꼬물꼬물 움직였다. 작고 어여쁜 천사를 보며 기도를 했다.

'하느님, 감사합니다.'

브이백으로 그토록 원하던 순산의 기쁨으로 맛보았다. 링거도 달지 않고 아이를 품에 안아 모유 수유를 했다. 입원실에서 케이크 앞에 놓고 노래를 불렀다.

"딴딴이의 생일을 축하합니다."

"요한아, 동생 생긴 것을 축하해."

'이 모든 것을 요한이 네가 이루었다. 네가 있었기에 가능했다. 너의 존재는 우주보다 크다.'

다음 날 일어나 입원실 문을 열고 나가니 중청의 대나무 위로 하얀 눈송이가 고요히 내려앉았다. 이 모든 순간을 글과 그림으로 표현하고 싶었다. 서글픈 가슴이 사라지고 축복으로 가득 찬 가슴으로 수유했다.

제3장
육아, 나에게 시련이었다

두 아이의 엄마

배 속에 있을 때 초음파를 보시던 의사 선생님이 말했다.

"다리맵시가 뛰어나요. 입술이 예술이네요."

말과 같이 앵두 입술에 다리가 길쭉했다. 초음파에서도 머리카락이 휘날렸을 만큼 갓 태어난 아기의 머리숱이 숲처럼 까맣고 길었다. 손가락과 발가락은 길어서 부채처럼 너풀너풀 휘날렸다. 신생아실 아기가 아닌 바로 엉금엉금 기어 다닐 것만 같았다. 브이백으로 태어난 아기는 엄마에게 자존감 씨앗을 심어 주었다. 민민했던 가슴이 다시 풍선처럼 다시 부풀어 올랐다. 아기 목젖으로 젖이 꿀떡꿀떡 젖이 넘어갔다. 생명의 탄생과 신비를 온몸으로 경험했다.

신랑이 둘째를 가졌을 때 우쿨렐레를 배웠다. 입덧하는 아내를 위해 서투른 우쿨렐레를 연주했다. 산후조리원에 우쿨렐레를 가지고 와서 아기의 탄생을 연주해 주었다.

"안나야, 아빠가 연주해 줄게 잘 들어봐."

아기는 눈을 감고 있었지만, 귀로 아빠의 연주를 듣고 있었다. 즐거운 리듬 소리를 깨고 누군가 문을 두드렸다.

"안나의 턱에서 소리가 나요. 분유를 먹이려고 입을 벌리면 턱에서 딱딱 소리가 나요. 신생아들에게 흔하지 않은 현상이에요. 일단 산모는 몸을 추스르고 퇴원하고 진료를 받아 보세요."

"선생님 괜찮겠지요?"

"그럼요. 모든 것은 마음먹기 달려 있어요. 너무 걱정하지 마세요."

모유 수유 할 때 자세히 보니 아이 턱에서 소리가 났다. 순간의 기쁨이 사라지고 신경이 예민해져 얼굴이 굳어졌다. 옆에서 수유하던 엄마가 무슨 일 있냐며 물어봤다.

"턱에서 자꾸 소리가 난데요. 치과에 가서 진료를 받아 보라고 했어요."

"아 그래요. 저희 신랑이 치과의사인데 있다가 퇴근하고 오면 한번 봐 달라고 할게요. 걱정하지 마세요."

모자 병동 시간 노크 소리가 들려 문을 열어보니 키가 큰 남자가 두꺼운 불테 안경을 쓰고 서 있었다.

"아기 턱에서 소리 난다고 해서 왔어요. 한번 볼까요?"

"네, 감사합니다."

"아기 턱이 아직 발달 되지 않아서 소리가 나네요. 간혹 이런 경우가 있어요. 크면서 저절로 좋아질 거예요. 너무 걱정하지 마세요."

바르고 정직해 보이는 의사 선생님 말씀을 듣고 한 시름 놓였다.

'별일 없을 거야. 내가 할 일은 아기에게 젖을 주는 것이야.'

걱정을 접고 모유 수유에 집중하기로 했다. 요한이가 산후조리원으로 면회를 왔다. 창문 너머 보이는 신생아들 바구니를 보고 말했다.

"여기 아기들은 다 쌍둥이네요."

똑같이 생긴 아이들을 보고 쌍둥이라는 표현을 쓴 요한이가 기특했다. 아이는 할아버지 댁에서 밥도 먹고 잠도 자며 잘 지냈다.

'자신과 똑같이 생긴 동생을 보면서 어떤 생각을 했을까?

요한이는 산후조리를 친정에서 했다. 잠도 잘 자고 잘 먹었는데 둘째는 이상하게 잠이 안 왔다. 새벽 모유 수유 호출이 와서 일어나면 코피가 주르륵 흘러내렸다. 코피를 휴지로 막고 수유했다. 신생아실 선생님이 새벽 시간에 모유 수유를 해야 젖이 더 잘 돈다고 했다. 아기에게 수유할 수 있는 기쁨을 포기하고 싶지 않았다. 퇴원할 때 4kg이 넘었다. 첫째가 쓰던 파란색 곰돌이가 그려진 겉싸개에 폭 안겨서 퇴원했다. 할아버지 은색 SUV에서 요한이가 호기심이 가득 찬 눈빛으로 기다리고 있었다.

"딴딴아, 아니 안나야. 안녕."

겉싸개에 쌓여 잠들어 있는 동생을 입을 다물지 못하고 바라보았다.

한참 밖에서 뛰어놀고 싶은 호기심 많은 4살과 신생아 동생과 함께 집에서 같이 지내기는 쉽지 않았다. 잠깐 눈을 떼면 아기에게 눈과 입에 손가락을 집어넣고 있었다. 그러면 놀라 달려가 설명도 하지 않고 아이 손부터 때리며 말했다.

"안돼!"

한번은 아기가 잠자고 있는데 2인용 극세사 이불로 아기를 덮어 놓았다. 순간 너무도 아찔해서 이불을 거두고 무섭게 화를 냈다. 요한이는 날마다 혼나고 울었다. 순간의 화를 참지 못하고 아이에게 화를 낸 엄마는 매일 같이 죄인처럼 살았다. 아픔을 겪고 엄마의 사랑을 가득 받아야 하는 시기에 엄마는 아이를 위한다고 동생을 갖고 입덧을 하면서 아이를 방치했다. 동생이 태어나서는 동생에 대한 호기심을 엄마가 가차 없이 차단했고 아이는 혼나기를 반복했다. 누구도 아이의 호기심을 풀어주지 않았다.

육아는 엄마 몫이었다. 새벽에 출근해서 밤늦게 들어오는 회사생활에 불만이 쌓여갔다. 그러나 어쩔 수 없는 현실을 받아들여야 했다. 회식이라도 있는 날이면 신랑은 맛있는 음식을 먹고 나는 집에서 두 아이와 힘겹게 사투를 벌이는 상황을 몰라주는 신랑에게 화살을 쏴버렸다. 신랑도 그에 질 새라 이렇게 말했다.

"내가 좋아서 하는 거야? 회식도 다 회사 일의 연장이야."

'미안해 힘들지 내가 더 잘할게.'라고 했으면 될 것을 같이 쏘아붙이는 신랑을 이해하면서도 야속했다. 아이를 어린이집에 보내면 되는 것을 미련 맞게 제 몸도 못 챙기면서 둘을 돌봤다.

낮과 밤 어느 순간에도 잠이 찾아오지 않았다.

"여보 잠이 안 와?"

"밤새 스마트폰 하니까 그렇지?"

잠을 자고 싶어도 잠이 안 왔다. 새벽에도 할 일 없이 멍하니 있다가 스마트폰으로 시간 낭비했다. 낮이고 밤이고 잠이 오지 않다. 새벽에 심한 자동차 경적이 울렸다. 소리 때문에 귀가 울려 토할 것 같았다. 코를 골며 자는 신랑을 흔들어 깨웠다.

"자기야, 자기야 일어나봐. 자동차 소리가 너무 심한 것 같아 한번 밖에 좀 나가봐."

"무슨 소리야 아무 소리도 안 들리는데?"

"아니야 계속 삑삑 소리가 나잖아?"

신랑을 불을 켜고 나를 살펴봤다. 집안에도 아파트 밖에도 아무 소리도 나지 않았다. 오직 내 귀에서만 들렸다. 날이 밝자 아기 띠하고 이비인후과를 찾았다. 굵은 안경을 쓴 의사 선생님이 진료했다.

"이명입니다. 일단 약을 먹으면서 치료해 봅시다."

"저는 모유 수유를 하고 있어요. 약을 안 먹으면 어떻게 되나요?"

"만성으로 갑니다. 선택은 환자가 하십시오."

처방도 받지 않고 병원 밖으로 나왔다. 이명보다 모유 수유가 먼저였다. 귀에서 이명은 춤을 추고 삐삐 자동차 소리를 냈다.

'그래 계속 너는 계속 그렇게 해라. 나는 아이가 더 중요하다.'

이명으로 일상생활이 힘들어져서 다시 병원을 찾았다. 의사가 말했다.

"심하면 난청으로 갈 수 있습니다. 어떻게 하겠습니까?"

"일단 1년만 모유 수유하고 다시 올게요."

또 처방도 받지 않고 아기 띠를 하고 집으로 돌아왔다. 그때 난청이 얼마나 고통스러운 단어인지 몰랐다.

주변 사람들에게 생활의 어려움을 호소하면 언제나 편잔으로 되돌아왔다. 세상 하늘 아래 나를 가장 사랑해 줄 것이라고 믿었던 신랑조차도 이해해 주지 않았다. 모든 것은 나에게로 나오는 것인데 원인을 외부의 탓으로만 바라봤다.

'이럴 때는 어떻게 해야 하나? 기도해야겠지?'

나는 두 아이의 엄마이기에 정신 차려야 했다. 쓰레기 분리수거장에 버려진 하늘색 낡은 유모차를 세탁해서 안나를 태우고 12월 학교 운동장을 찾았다. 요한이는 돌 때 산 연두색 점퍼를 두툼하게 입히고 운동장에서 뛰어놀게 했다. 나뭇가지를 들어 운동장 위에 그림을 그렸고 폐타이어 위로 둘러싼 공간에서 토끼처럼 뛰었다. 얼음판 위에서 얼음 깨기 놀이를 즐겼다. 추위 속에서 요한이는 2시간 동안 자유롭게 뛰어놀았다. 사계절 내내 손발이 차디찬 몸에 추위까지 더하니 발가락이 가려웠다. 부위가 빨갛게 부어올랐다. 동상이었다.

'낫겠지.'

매일 같이 아이와 함께 꽁꽁 얼어붙은 겨울 운동장을 찾았다. 안나는 유모차에서 새근새근 잤고 때로는 오빠가 노는 모습을 지켜보았다. 안나는 울지 않았고 젖만 주면 잘 먹고 잘 잤다. 아이들은 잘 자라고 있었다. 그러나 엄마는 자꾸 나락으로 떨어지는 것을 느꼈다.

아픈 아이의 엄마

뒤척이던 밤을 깨고 창문 사이로 푸른빛이 새어 들어온다.

'아, 또 하루가 시작된다.'

천근만근인 몸을 이끌고 부엌으로 가서 고구마와 고기를 삶아 이유식을 만든다. 요한이가 먹을 밥도 한다.

'국은 어떤 국을 끓여야 할까?'

동생이 이유식을 먹자 요한이도 숟가락을 잡기 시작했다. 둘을 키우니 몸이 더 많이 움직여진다. 엄마의 몸은 하나인데 아이는 둘이다. 하나에 신경을 쏟으면 또 하나가 사랑에 목말라 엄마를 잡아당긴다.

'어떻게 해야 두 아이에게 똑같이 사랑을 줄 수 있을까?'

생각해보니 아이를 사랑하는 방법보다 자신을 사랑하는 방법에 대해 더 깊이 생각을 해야 하는 시간이었다.

조리원 면회시간에 친구가 찾아 왔다.

"몸은 어때? 애는 정상이야?"

순간 목덜미를 잡아당겼다.

'애는 정상이냐고?'

'그래? 너도 요한이 아픔을 알고 있었구나.'

성경에 이런 말이 있다.

'감추어 둔 것은 나타나게 마련이고 비밀은 알려져서 세상에 드러나게 마련이다.'

요한이의 아픔을 숨기려 노력했다. 사금파리 조각으로 상처를 냈다.

'언제까지 끌어안고 있으려고 하니?'

마음속에서 들려오는 음성을 뒤로하고 아이들 잔 밥 처리를 하고 바닥에 떨어진 밥풀을 행주로 쓸어 담다 허리에 통증이 느껴졌다. 순간의 잘못된 자세로 허리가 펴지지 않았다. 등을 구부리고 기어서 아이 둘을 돌봤다. 허리 통증을 느끼며 나를 외면한 세상에 미움을 토해냈다.

'어쩌자고 이런 시련을 주시는 것입니까?'

순간 어린 시절 어머니의 뒷모습이 떠올랐다. 첩첩산중, 먹거리가 넉넉하지 못한 곳에서 남매를 키우셨다. 아버지의 불과 같은 성격에 비위를 맞춰가며 살았다.

"네, 알겠어요. 지은이 아버지,"

어머니는 동갑인 아버지에게 존댓말을 쓰면서 아버지를 높였다. 아궁이에 불 집혀가며 머리에 쓴 수건을 풀어내고 눈물을 훔쳐냈다. 식당을 하면서도 어머니의 눈가에는 언제나 붉게 그렁그렁 눈물이 맺혀 있었다. 20대 고무장갑처럼 부은 손등으로 손님이 오면 언제 그랬냐는 듯 눈물을 앞치마에 닦아내고 물과 컵을 놓았다.

허리를 굽혀 아이 둘을 데리고 병원에 찾아갔다. 요한이는 병원 바닥에 엎드려 가슴으로 밀고 다녔다. 진료를 받고 물리치료를 받으라고 했다. 두 아이가 있는데 어떻게 물리치료를 받을까? 어머니 말이 떠올랐다.

'아이 키우는 엄마는 아플 자격도 없다.'

아프지 않기 위해서는 치료를 받아야 했다. 사정을 이야기하고 물리치료를 20분 받고 나왔다. 아이 둘을 집에 데리고 있는 것이 무리였다. 요한이를 미술학원에 보내기로 했다. 학원 문을 열어보니 머리가 길고 코스모스처럼 가냘픈 미대 출신 선생님이 반겨 주었다. 상담을 마치고 미술학원을 둘러보는데 문밖에 허스키 세 마리 중 한 마리와 눈이 마주쳤다.

'아이가 다니는 학원에 개가 있다는 것이 말이 될까? 위험하지 않을까?'

선생님께 물어봤다.

"위험하지 않나요?"

"네, 안 위험해요. 순한 개예요."

근처에 미술학원이 없으니 할 수 없이 등록했다. 요한이는 미술학원 차를 타고 다녔다. 갈 때는 순조롭게 차에 탔다. 하지만 내리자마자 나를 때리고 덤볐다. 아파트 현관 1층부터 13층 올라가면서 바지 줄을 잡아당겨 속옷까지 보였다. 날마다 학원 차에 내리면 반복되는 아이의 행동으로 지쳐 갔다. 선생님께 전화로 물어봤다.

"아이가 갈 때는 차에 올라타는데 미술학원에서 내리면 저항하며 울어요. 왜 그럴까요?"

미술학원에서 있었던 이야기를 선생님이 차분한 어조로 상담해주었다. 요한이에 대한 애정을 느낀 것일까? 가슴 속에서 꺼내고 싶지 않았던 판도라 상자를 열었다.

"어머님, 제가 아는 선배가 있는데 거기서 상담받아 보실래요?"

"네 그렇게 해 보겠습니다."

밤늦게 돌아온 신랑에게 미술학원 선생님의 제안을 말했다. 신랑은 마시던 맥주잔을 거칠게 내려놓았다.

"당신 요한이에게 미안하지 않아? 심리상담까지 받아 보라고 말도 안 돼. 하지 마!"

"여보, 부탁이야. 나 너무 힘들어."

긴 머리, 꽃무늬 원피스를 입고 미술관 작품 감상하던 그녀는 어디로 갔는가? 목이 길게 늘어진 티셔츠에 보풀이 일어나 있었다. 붉은 홍조의 볼은 검은 퉤퉤 눈그늘이 늘어져 있었다. 여자라고 보기 힘든 몰골로 매달렸다. 신랑은 땅이 꺼질 듯 한숨을 내쉬었다.

"정 그러면 한번 가보자."

주소를 받은 쪽지를 들고 갔다. 문 앞에 간판에는 영재두뇌계발센터라고 쓰여 있었다. 문을 열고 들어가니 딸랑딸랑 종소리에 먼지가 뿌옇게 일어났다. 신발장 옆에 행운목이 말라 죽어 있었다. 실내화는 때가 타고 떨어져 아무렇게나 뒹굴었다. 사람의 손길이 미치지 않은 공간, 거미줄에 머리카락이 엉킬 것 같은 곳에서 붉은 립스틱을 바른 여자가 나왔다. 향수 냄새가 진하게 풍겼다.

"안녕하세요."

명품으로 휘감은 그녀가 원장이라고 소개하며 세련된 몸짓으로 인사했다.

"아이와 상담실에 들어가서 이야기를 나누어 볼게요. 그동안 이것을 작성해 주세요."

상담실에는 원장이 앉는 책상이 있었고 벽에는 칸칸이 나누어진 책장에 여러 가지 도구와 장난감이 담겨 있었다. 5분 만에 요한이가 뛰어나왔다.

"엄마."

"응, 엄마 여기 있으니까 들어가서 선생님하고 이야기해봐."

아이는 문을 열어 놓고 다시 들어갔다. 설문지를 작성해서 내밀었다. 도표를 검은색, 파란색, 빨간색으로 줄에 대고 손으로 작성해서 내밀었다.

"아이는 심리적으로 불안합니다. 상담을 6개월간 지속해서 받아 보시죠. 수업은 일주일에 한 번, 현찰 20만 원입니다."

집으로 돌아오는 길, 신랑하고 큰 목소리를 높여가며 싸웠다.

"저런 곳에서 요한이를 있게 할 거야?"

생각이 마비되었다. 왜 그랬을까? 요한이에게 잘못한 엄마의 속죄였을까? 다른 곳을 선택해서 갈 수 있었다. 그러나 영혼이 마취되어 수동적으로 6개월간 돈 봉투에 넣어 원장의 가방에 넣어 주었다. 그 시간 아이는 엄마의 피부접촉이 필요했다. 엄마의 손길과 따뜻한 마음이 아이에게 필요했다.

"울고 싶으면 엄마한테 와서 울어. 아이고 우리 아기 속상했구나."

품 안에 안고 등을 쓸어내리면서 안나에게 내어주는 가슴을 요한이에게도 똑같이 나누어줘야 했다.

'미안하다. 미안하다. 한없이 미안하다. 우리 아들.'

나를 울게 하소서

"쿵쿵."

심장 소리가 옆에 있는 신랑에게도 전해졌다. 안나를 데리고 병원에 갔다. 자동으로 양 문이 열리고 우주 공간처럼 하얀 바탕에 파란 글씨로 병원 소개가 적혀 있었다. 접수하는 곳에 있는 선생님들은 하얀 유니폼을 입고 목에는 하늘색 스카프를 착용하고 있었다. 마치 비행기 승무원 같았다. 대형병원의 축소판의 병원이었다. 전광판에 이름이 뜨자 옆문을 열고 들어갔다. 의사 선생님은 얼굴에 비해 작은 안경을 쓰고 있었다. 겉모습은 나이가 많아 보였지만 의외로 목소리는 젊었다. 뒤로 책장이 있었는데 의학서적 빼고는 대부분 인기 있는 책 있었다. 선생님 책상 바로 위에는 한 권의 책이 놓여 있었다.

'왜 저 책을 읽고 있을까?'

왠지 모르게 사연이 있어 보였다.

"무슨 일로 오셨나요?"

"첫째를 출산하고 갑상선 항진증이 왔었어요. 어느 시점에서 약을 끊고 지내다가 다시 둘째를 낳고 비슷한 증상이 생겨서 왔습니다."

"왜? 약을 끊었지요?"

질문이 아주 날카로웠다.

"00 병원 의사 선생님이 끊으라고 했어요."

"그분은 제 선배님이신데 그렇게 말 하실 분이 아닌데요. 또 그분한테 가시지 왜 여기로 오셨나요?"

컴퓨터만 응시하고 독수리 타법으로 키 판을 천천히 찍어 가며 말한다.

"초음파와 피검사 해 봅시다."

초음파실에 들어가니 조용하고 어두웠다. 검사 선생님이 들어오더니 목에 대고 검사를 한다. 검사를 하다 말고 밖으로 나가 의사를 불러온다. 이야기하는 동안 그들의 얼굴에 입꼬리가 올라갔다. 다시 진료실로 들어오라고 한다.

"목에 혹이 있습니다. 지금은 혈류량이 많아서 검사 진행을 하지 못합니다. 지금 조직 검사하면 혈류가 많아 위험합니다. 약을 먹고 일단 혈류가 안정되면 조직검사를 해봅시다."

"네? 조직검사요? 조직검사는 어떻게 하는데요?"

"바늘로 조직을 떼 내서 검사하는 것입니다. 적어도 병원에 오려면 공부를 하고 왔어야죠? 일하고 계십니까?"

'의사가 왜 환자의 직업을 묻는 것일까?'

"주부인데요?"

"그럼 주부이기 전에 무슨 일을 했었나요?"

"선생님이요."

"유치원 교사였나요?"

"아니요. 중학생을 가르쳤는데요?"

아기 띠를 하고 온 환자와 치열한 대화를 계속 이어간다.

"아, 그래요? 그럼 학생에게 숙제를 내어주면 공부하고 온 학생한테 더 잘해 줍니까? 공부를 안 하고 온 학생에게 더 잘해 줍니까? 저도 공부를 잘해 온 환자에게 더 잘해 주고 싶습니다. 다음 번에는 공부를 좀 하고 오세요."

목에 혹이 있다고 조직검사를 권유받은 충격적인데 의사가 폭탄을 날리니 정신이 없었다. 집에 가서 갑상선 조직검사를 검색해 보니 갑상선 결절이 있는 경우 악성인지 양성인지 감별하는 것으로 가느다란 주삿바늘을 사용해서 조직 세포를 흡입 추출하는 것이다. 검색을 계속하다 보니 기사에서 갑상선 과잉 진료에 대한 문제점이 대두되고 있었다. 2003년 우리나라 암 유병률 10위였던 갑상선암이 불과 8년 만이 2011년 우리나라에서 가장 흔한 암이 됐다. 우리나라 여성 갑상선암 유병률은 2008년 이미 일본의 14배를 달했고 갑성선암이 가장 흔한 암 1위인 사례는 전 세계적으로 찾아보기 힘든 일이다. 또한 최근 한국에서 자궁근종으로 인한 자궁적출 수술률이 OECD 국가 중 1위다. 10만 명당 적출술 건수는 430.7로 OECD 평균보다 무려 3.72배나 높고 의료선진국인 영국보다 무려 15.3배나 높은 수치다. 과도한 건강검진으로 인해 의료비 증가와 조기진단 효과로 얻는 이익보다 경제적 부담과 부작용이 더 클 수 있다. 기사를 검색하고 반드시 해야 하는 것일까? 의문을 품게 되었다.

병원을 찾아 의사 선생님께 말을 했다.

"조직검사 꼭 해야 하나요?"

"저번 시간에 제 말을 어떻게 들었나요?"

의사 머리에서 김이 푹푹 쪄 올라오는 것이 눈에 보이는 것 같았다.

"저는 두 아이의 엄마입니다. 조직검사를 하는 것이 무섭고 두렵습니다. 조직검사가 꼭 필요하다면 큰 병원에 가서 하겠습니다."

"공부는 했습니까?"

컴퓨터만 응시하더니 처음으로 환자를 바라본다.

"내 아내도 암 환자입니다. 아이는 둘은 초등학생인데 아직 그 사실을 모르고 있어요. 제 삶이 어떤지 아십니까? 지난 몇 년 동안 잠도 못 자고 이렇게 생활하고 있습니다."

의사와 나의 관계가 전환되고 앉아서 의사의 안타까운 이야기를 30분 동안 들었다. 간호사가 2번이나 왔다 갔다 하면서 그만하라고 눈빛을 보냈지만 나가라고 한 뒤에 계속 말을 이었다. 의사의 아픈 상처가 이해가 갔다. 왜 그가 책을 읽고 있는지도 알게 되었다. 의사의 사연을 들으면서 어느 순간부터 기도 손을 하고 있었다. 그는 조직검사를 받게 나를 설득시키기 위해서 이런 말을 했을까? 조직검사 날짜를 잡고 병원에서 나왔다. 겨울이 차가운 바람이 코끝을 스쳐 지나갔다. 바람은 찬데 햇살은 눈부시게 밝았다.

신랑과 토요일 조직검사를 받기 위해 병원을 찾았다. 신랑은 둘째를 아기 띠에 앉고 있었다. 조직검사를 받는다고 하니 두 손이 벌써 떨리기 시작했다. 앉아 있으면 다리가 저절로 떨렸고 서 있으면 불안해서 더듬이를 잃을 곤충처럼 빙빙 돌았다. 신랑은 아이와 함께 휴게실 TV를 응시했다.

"자기야 나 불안해."

계속 TV만 바라보며 말했다.

"잘하고 와."

"그게 다야 다냐고."

아기 띠를 하는 선비 같은 신랑에게 괜한 분풀이를 했다. 이름을 호명되자 간호사가 처음 보는 방으로 들어가라고 했다. 마치 이발소 의자처럼 생긴 의자였다. 의자에 앉으니 의자가 뒤로 갔다. 블라인드 사이로 겨울 햇볕이 들어왔다. 창가에 보라색 허브 화분이 어깨너머로 보였다. 의사가 들어오더니 블라인드가 쳐지고 어두운 공간에 초음파 모니터 불빛만 보였다. 알코올 솜으로 목을 소독하고 의사가 말했다.

"시작합니다. 움직이면 안 돼요. 따끔해도 가만히 있어야 해요."

날카로운 침이 목을 타고 들어왔다. 그리고 한동안 쭉 빨아들이더니 한 번 더 한다. 조직검사가 끝나고 의사가 친근감 있는 어린애 달래듯이 말한다.

"움직이지 않고 잘했어."

검사결과는 보름 정도 걸린다고 했다. 밖으로 나와 아이들과 신랑을 마주했다. 신랑의 양 볼은 푹 꺼져 눈그늘이 자리하고 있었다. 아기 띠를 한 점퍼 사이로 수십 개의 보풀이 일어나 있었다. 요한이는 뛰어다니다 무릎을 꿇고 병원 바닥을 청소하고 다녔다. 바지가 헤어져 내복이 보인다. 수납하고 보니 구멍 사이로 바느질로 꿰맨 내복이 그대로 드러났다. 소란스러운 가족이 병원 문을 열고 갔다.

지긋지긋한 병원

조직검사를 하고 집에 와서 우르르 쏟아내 설거지를 한다. 요한이가 바짓가 랑이를 붙잡는다.

"엄마 설거지하고 있잖아. 저리 가 있어!"

앙칼진 목소리로 말하자 어깨를 축 늘어뜨리고 거실로 가서 블록 놀이를 한 다. 설거지도 청소도 빨래도 할 일은 태산이다. 바닥은 음식물로 끈적끈적 발 바닥이 껌처럼 달라붙는다. 화장실에 가보니 검은 곰팡이가 스멀스멀 올라온 다. 화장실 앞에서 분홍색 러그에 털썩 주저앉는다.

"왜 그래 애들한테 소리나 지르고 뭐 하는 거야? 지금."

신랑이 눈에 핏대를 세워가며 책망한다.

'도대체 무슨 죄가 커 이런가? 만약에 그럴 리 없겠지만 정말 암이면 어떻게 해야 하지? 34살에 암 환자가 된다면?'

검은 장막으로 휘감는다. 몸과 마음은 창밖의 고드름처럼 꽁꽁 얼어붙었다. 소아병동에서 나온 지 얼마나 되었다고 이런 일이 생긴 것일까? 창밖에 어둠이 내려앉았다. 신랑과 두 아이를 두고 집을 나왔다. 가로 등불이 밝혀진 밤거리를 거닐었다. 핸드폰 진동이 울린다. 꺼버렸다. 걷고 또 걸었다. 발걸음이 멈춘 곳은 아무도 없는 놀이터였다. 벤치에 앉았다. 눈이 소매 위로 떨어졌다. 눈과 함께 눈물도 떨어진다. 머리와 어깨 위로 눈이 쌓여갈 때까지 울음소리를 내며 울었다. 소리 내며 울었더니 차가운 공기가 가슴에 들어와 열을 차갑게 내려주었다. 가슴이 쩡하며 짜릿하게 느낌이 전해 온다. 젖 먹일 시간이다. 발걸음이 집 앞으로 옮겨 놓았다. 복도를 타고 아기 울음소리가 들린다. 문 앞에 서서 생각에 잠긴다. 다시 뒷걸음치고 싶었다. 하지만 아기 울음소리가 나를 발목을 붙잡았다. 신랑이 방에서 아기 띠를 하고 안절부절못하고 있다. 눈 덮인 나를 보더니 소리를 쳤다.

"지금 장난치는 거야! 빨리 젖 줘!"

거칠게 가슴을 열에 젖힌다.

"그래 젖만 주는 젖소지! 젖만 주면 되는 거지!"

다시 문을 열고 현관문을 붙잡고 나가는 나를 무거운 어깨로 때려잡는다. 질질 끌려 작은방에 나를 내려 앉히고 품에 돌도 안 된 아기를 내려놓는다. 모유 수유에 집착하더니 수유를 하는 것도 거부하고 밤거리를 헤매다 들어왔다. 아기는 얼굴과 옷은 눈물 자국으로 가득했다.

'못난 어미를 용서해다오.'

아이에게 젖을 물린다. 젖을 물릴 때 화난 상태로 젖을 물리면 절대 안 된다고 책에서 읽었다. 그런데 아이에게 불안한 상태로 젖을 물렸다.

"미안해, 미안해 엄마가 미안해."

안나 눈에서 눈물이 흘러내린다. 아기 위로 엄마의 눈물이 뚝뚝 떨어진다. 하늘에서는 밤새 눈이 내렸다. 다음날 안나는 열이 많이 났다. 병원을 갔다. 열 감기였다. 이마에 냉찜질 패치를 붙였다. 안나는 채소를 넣고 만든 이유식을 한 그릇 넙죽 받아먹었다. 동생이 이유식을 먹자 요한이도 먹는다. 둘은 같이 커갔다.

어디서 용기가 났는지 안나를 아기 띠에 안고 요한이와 함께 버스에 올라 백화점에 갔다. 백화점에 가서 선물을 사주고 싶었다. 남색 패딩 점퍼가 눈에 들어왔다. 요한이가 입으면 딱 맞겠다 싶어 가격표를 보고 다시 내려놓았다. 옆에 매대에서 판매하는 옷은 더 저렴하지 않을까 싶어 티 한 장을 골랐다. 가격표를 보고 놀라 내려놓았다. 옷은커녕 내복도 사지 못했다. 딸 아이 핀도 하나도 못 샀다. 할 수 없이 아이를 데리고 음식 코너로 갔다. 빵을 사달라고 했다. 제과점에 들어가니 빵 굽는 냄새가 코와 혀를 자극했다. 요한이는 설탕이 가득 뿌려진 꽈배기를 골랐다. 소시지 위에 케첩과 마요네즈가 뿌려진 빵을 골랐다. 크림빵과 우유 500mL 한 병을 사서 자리를 잡고 앉았다. 아무 말 없이 빵을 뜯어 먹었다. 아이의 점퍼 소매에 솜털이 삐져나왔다. 바지는 연두색인데 무릎은 새까맣게 변해 있었다. 분리수거장에서 내놓은 옷을 가져다 입힌 옷이다. 빵이 목구멍에서 넘어가지 않는다. 요한이는 입에 설탕 가루를 묻혀가며 입에 미소를 머금고 한 입씩 베어 먹었다. 주변을 둘러보다 반짝이는 눈으로 다양한 색상의 사탕과 젤리가 있는 곳으로 손가락질한다.

"엄마 저것도 사줘."

"그래, 빵 다 먹으면 사줄게."

요한이는 신나는 마음을 몸짓으로 표현하다 500mL 우유 통을 다 쏟아 버렸다. 탁자와 바닥은 우유로 가득했다. 아기 띠를 하고 벽에 달린 휴지를 뽑았다.

한 장의 냅킨처럼 생긴 휴지는 닦고 닦아도 우유가 바닥에 흥건했다. 요한이는 하얗게 질린 얼굴로 망부석이 되어 그 자리에 서 있었다. 사람들이 쳐다보고 있었다. 눈총이 따가웠다. 엄마는 아기를 안고 우유 바닥을 닦아내고 서둘러 백화점을 나왔다. 얼굴이 후끈거렸다. 다시는 이런 무책임한 모험을 하지 말아야지 다짐을 하고 버스를 기다렸다.

버스를 기다리는 한 여자의 목의 붉은 상처가 눈에 들어왔다. 어디에서 용기가 생겼는지 여인의 소매를 붙잡고 말을 걸었다.

"혹시 갑상선 수술하셨나요?"

"네."

"사실 저도 갑상선 조직검사를 하고 결과를 기다리고 있거든요."

"네 그러세요. 혹시 어디 병원에서 하셨나요? 저는 병원에서 소개받고 대학병원에서 했어요. 혹이 1.5cm이었어요. 수술하고 방사선 치료를 받았어요. 혹이 몇 cm이세요?"

"저는 0.7cm라고 했어요."

"그럼 아닐 수 있어요. 너무 걱정하지 마세요. 저도 처음에는 걱정했는데 걱정한다고 되는 해결 되는 게 없어요. 선생님이 하라는 대로 하면 돼요. 아기가 몇 살이에요?

"4살하고 애는 돌이 얼마 남지 않았어요."

"저랑 비슷하네요. 저는 수술한 지 6개월 되었어요. 크게 불편하지 않아요. 너무 걱정하지 마세요. 아이들한테 안 좋아요. 그럼 버스 왔네요. 안녕히 가세요."

겨울의 차디찬 바람에도 그녀는 표정이 밝았다.

'두 아이를 데리고 백화점까지 나온 이유가 그녀를 만나기 위해서 나온 것일까?

집으로 와서 아이를 내려놓고 갑상선암을 검색했다. 조직검사로 100% 암 진단하기는 어렵다. 그러나 조직검사에서 수술의 판정 여부를 내린다. 요즘 갑상선 암 수술을 너무 무분별하게 한다. 기사를 봤다. 국내 갑상선 명의도 찾았다. 병원에 전화하니 검사결과가 나왔다고 했다. 신랑과 함께 병원을 찾았다. 병원 쪽지에 숫자가 볼펜으로 159명에서 160명으로 바뀌어 있었다. 이 병원은 검사로 암 환자 확진하는 것을 자랑인 마냥 내세우는 병원인가 싶었다. 암 진단받은 1명의 사람은 누구일까? 의사 방문을 열고 들어가 앉았다.

"조직검사 결과 90% 악성이라고 나왔습니다. 제가 소견서를 써드리겠습니다. 잘 아는 의사인데 내가 잘 부탁해 놓을 테니 여기 가면 잘해 줄 겁니다."

"네 그렇다면 제가 알아본 병원으로 가겠습니다."

의사는 얼굴색이 확 바뀌었다. 의사의 눈은 총을 장전해서 총알을 쏠 것처럼 바라봤다.

"왜 그렇게 생각을 했나요?"

"병은 제가 선택하지 않았지만, 병원은 제가 선택하고 싶습니다."

소견서를 받고 진료실에서 나왔다. 나는 언제나 선택한 것에 대해 확신하지 못했다. 바람에 흔들리는 낙엽처럼 이리저리 뒹굴어 다녔다. 어려서부터 선택은 부모의 몫이었다. 성인이 되어서도 부모에게 선택권을 주었다. 34살 의사로부터 암 환자 소견서를 받고 생각이 전환 되었다. 앞으로 인생에 대한 선택과 결정은 내가 주체가 되어야겠다.

'이제부터 인생을 내가 선택한다.'

엄마는 암 환자

서울병원에 가니 알고 있었던 사실과 다르게 갑상선에 혹이 3개가 있었고 그 주변으로 모래알 같은 석회화가 셀 수 없이 많았다. 서울까지 가서도 현실을 받아들이기 어려워 신랑에게 말했다.

"우리 다른 병원에 가보자. 검사 다시 받아 보자."

다른 병원도 가볼까 했지만 2015년 5월 8일 수술 날짜를 잡았다. 15개월 된 안나에게 아무런 예고 없이 젖을 뗐다. 그리고 두 아이를 시어머니께 맡기고 신랑과 서울로 갔다. 암 병동에 입원실이 없어 척추 병동에 입원했다. 창문 밖으로 아카시아 꽃향기가 그윽하게 밀어 들어왔다. 내일 수술을 앞둔 사람의 가방에서 책 5권과 마스크팩이 여러 장 나왔다.

"무슨 책이 이렇게 많아?"

"모처럼 마스크 붙이고 휴가 온 것처럼 책 읽으려고 준비했지."

둘은 불이 꺼질 때까지 꼭 붙어서 바보온달과 평강공주처럼 지냈다. 새벽빛이 밝아 왔다.

이동 침대가 왔다. 신랑과 포옹을 하고 헤어졌다. 수술실 가기 전에 있는 회복실에서 대기 했다. 차갑고 기계음이 울리는 방이었다. 옆에 요한이가 없다. 그것만으로 감사했다.

'우리 요한이는 이 공간에서 얼마나 울면서 떨어야 했던가?

눈물이 볼을 타고 흘러내렸다. 이내 초록색 가운을 입은 남자들이 와서 나를 밀고 수술실로 들어갔다. 가운데는 유에프오 같은 둥근 접시가 달려 있었다. 수술실 공간 역시 차갑고 소독약 냄새가 코끝을 자극했다. 초록색과 은빛 메스들이 보인다. 위 옷을 벗기고 가슴 밑까지 소독약으로 마른다. 그리고 담당 의사 선생님이 들어왔다. 두꺼운 안경 너머로 보이는 의사 선생님 눈과 마주친다.

"아이들이 보고 싶어요."

눈물이 수도꼭지 뜬 것처럼 흘러내린다.

"괜찮아, 괜찮아 금방 끝나."

꿈을 꾸었다. 하얗고 밝은 세상에서 한없이 친절을 베풀어주는 사람을 만났다.

'어떻게 나한테 이렇게 잘 해 줄 수 있지? 누군지 모르는 이 사람을 따라가고 싶다.'

그 순간 누군가 흔들어 깨운다. 잡은 손을 놓치고 깨어났다. 나를 깨운 사람을 책망하려 눈을 뜬 순간 하늘과 땅이 뒤엉킨다. 둘째를 낳을 때 고통보다 더 심한 고통이 밀려든다. 속에 있는 모든 것을 토하고 싶다. 아무것도 안 나오고 침만 줄줄 흘린다. 이동 침대가 움직이자 울렁거림은 더 심해진다. 아카시아꽃

향기 가득한 4인실이 아닌, 커튼으로 막혀 있는 6인실 암 병동에 밀어 넣는다. 옆에 사람은 전화로 계속 소리를 지른다.

"보험료가 얼만데 아직도 안 주고 있냐! 내가 사기라고 치냐!"

어지러움은 계속되고 옆에서 싸우는 소리에 더 울렁거린다. 커튼을 치고 얼굴을 보이며 손가락으로 입에 갖다 댄다. 목소리가 나오지 않아 의사소통도 불가능하다. 신랑은 눈만 동그랗게 뜨고 쳐다본다.

"어떻게 도와줄까? 머 필요한 거 있어? 많이 아파?"

신랑의 다정한 말에 그냥 운다.

"울지 마. 울면 더 어지러워."

의사 선생님이 와서 말했다.

"수술 잘 됐어. 걱정하지마. 이 사람 자기 몸 아픈데 애들만 생각하는 사람이야. 잘해줘."

신랑의 어깨를 두드리며 갔다. 수술 후 식사는 가능했지만, 어지럼증이 심해서 먹지 못했다.

'아이들은 잘 있을까? 엄마가 미안해.'

5월 8일 어버이날 카네이션도 달아드리지 못하고 병원에 있었다.

신랑은 집에 가지 않고 입원해서 퇴원할 때까지 곁에 있었다. 다른 환자들은 혼자서 잘 다니는데 어지럼증이 심해서 혼자 걷기 힘들었다.

"보기에도 약해 보이는데 수술까지 하셨으니 더 많이 힘드셔서 그럴 거예요. 잘 챙겨 드세요."

먹는 게 모래알 씹는 것처럼 힘들었다. 생으로 하루를 굶었다. 암은 몸을 혹사한 고통의 결과물이었다. 병실에 있는 사람들은 모두 암 환자다. 옆 침대 아주머니는 머리에 두건을 쓰고 말을 거칠게 했다. 삶이 그녀를 거칠게 만들었을까? 젊은 부부에게 말을 건다.

"나는 암 체질인가 봐? 갑상선, 나도 있어 그런데 하도 암이 많아서 갑상선 암은 끼워주지도 않아 또 항암치료 하러 온 거야. 여기 간호사들 다 알아. 얼마나 자주 왔으면 다 알겠어. 아기 엄마 그냥 감사하게 생각해 알았지. 울지 말고 힘내."

머리에 새하얀 눈이 내려앉은 할머니가 이어 말한다.

"나는 백화점 노래교실 다니고 문화센터 다니며 인생 즐기고 살았는데 어느 날 갑자기 대장암이라는 거야. 처음에 오진으로 알았지. 그러다 이렇게 병원에 온 거야. 에구구."

아픔을 호소한다. 퇴원을 하루 앞두고 병실에 갑상선 암 환자가 들어왔다. 괜찮냐고 묻자 괜찮다고 했다. 암 병동에서 마스크팩을 붙이고 있는 유일한 병실이었다. 책을 5권이나 챙겨 왔는데 책보다 암 환자의 이야기가 살아 있는 책이었다. 이 사람들의 사연을 어떻게 말로 다 표현할 수 있을까? 이야기를 들으면서 두 손 모아 기도했다.

입원하기 전부터 안나는 감기에 걸렸다. 엄마는 곧 낫겠지 하며 병원에 데려가지 않았다. 어머님이 안나의 노란 코를 보고 택시 타고 이비인후과를 찾았다. 병원에서 진료를 보니 감기를 오랫동안 방치해서 중이염이 왔다고 했다. 시어머니는 눈이 침침해서 보이지 않는 물약을 대충 숟가락에 넣어 약을 먹였다.

안나는 바람에 흔들리는 문소리만 듣고도 울었다.

"엄마. 엄마. 엄마."

엄마를 부르다 엄마가 보이지 않자 현관 대리석에 고사리처럼 등을 말고 눈물을 뚝뚝 흘렸다고 했다. 자다가도 일어나 엄마를 부르고 우는 요한이와 안나를 보면서 어머니도 함께 우셨다. 어떻게 일주일을 견뎠을까? 갑자기 엄마가 젖을 떼고 사라지니 어린 마음에 얼마나 충격이었을까?

시간이 흘러 안나가 5살이 되어 책을 읽다가 어떤 아이가 깜깜한 방구석에서 웅크리고 있는 장면이 나왔다.

"안나도 이런 적이 있었어?"

"응 있었어. 할머니한테 나랑 오빠 두고 어디 갔을 때."

말하고 멍하니 있다가 펑펑 운다. 품으로 안아 등을 쓸어내렸다.

"엄마가 미안해 엄마가 미안해 안나야."

15개월 안나의 가슴에 지워지지 않은 상처가 되었다.

병원에서 퇴원해서 집에 돌아오니 아이들은 나를 보고 반가워하기보다 걱정의 눈빛으로 쳐다봤다. 요한이는 시들어가는 카네이션을 건네주었다.

"엄마 제가 유치원에서 만든 카네이션이에요."

"요한아, 고마워."

안방에 누워 있으니 안나가 와서 옆에 누웠다.

"아프지 마."

내가 잘못 들었나? 정말 아이가 말했다. 안나는 아픔을 너무 일찍이 알게 되어 그 후로 엄마를 챙기는 아이가 되었다. 일주일 후 병원을 찾아갔다.

"혹시나 해서 임파선을 제거했는데 거기도 암이 나왔다."

왼쪽 오른쪽 암이 3개, 임파선 전이 되었다.

"이제 다 제거했으니 됐어."

"방사선 치료는 어떻게 하나요?"

"안 해도 돼. 젊어서 그런지 금방 수치가 떨어졌어. 불과 얼마 전까지만 해도 방사선 치료로 빈대 잡으려고 초가삼간 태웠는데 이제 안 해도 돼. 괜찮아. 애들은 잘 있지?"

방사선 치료하면 아이들과 떨어질 생각으로 걱정을 했는데 의학의 발달로 방사선 치료를 안 해도 된다고 했다. 기적이었다. 그리고 바로 대한민국을 마비시킨 메르스가 터졌다. 2015년 5월 20일 첫 환자가 확진되면서 발발한 중동 호흡기증후군 유행으로 38명이 목숨을 잃고 186명의 환자가 격리되었다. 갑상선 암으로 병원을 오고 가던 때였다. 메르스 중심에 병원에 있었다.

병원 그리고 치료

수술하고 집에 오니 다시 육아가 시작되었다. 요한이가 버스에서 내리자마자 목을 끌어안고 깡충깡충 뛰었다. 수술 부위가 터지는 고통을 느꼈다. 버스가 사라지자 아이의 엉덩이를 있는 힘껏 내리쳤다.

"도대체 왜 그래! 엄마 수술했잖아."

거칠고 굵은 목소리로 겨우 말을 했다. 요한이는 할머니가 아니라 엄마가 기다리는 기쁨을 표현했는데 돌아오는 것은 책망뿐이었다. 유모차를 끌고 집에 가는 길에 엄마와 아이는 굵은 눈물방울을 아스팔트 위에 뚝뚝 떨어뜨렸다.

현관문을 밀고 들어오면 아이들을 씻기고 밥 먹이고 설거지하고 청소하는 일상이 펼쳐졌다. 다시 허리를 다쳤다. 몸이 약한 상태라서 조금만 잘못 움직여도 여기저기가 고장 났다. 할 수 없이 방바닥을 기어 다니며 아이들을 돌봤다. 속으로 생각했다.

'차라리 허리라도 안 아팠다면 좋았겠다.'

엎친 데 덮친 격으로 수술 후 먹는 약이 안 받았는지 심장 소리가 크게 들리기 시작했다. 수술 코디네이터에게 전화했더니 가까운 병원을 찾아 진료를 받으라고 했다. 조직 검사했던 병원을 찾아가 증상을 말했다. 의사는 차가운 눈빛으로 어떤 대답도 해 줄 수 없으니 수술받은 병원으로 가라고 했다. 할 수 없이 대학병원을 찾았다. 심장외과에 가서 진료를 받았다. 맥박이 정상인보다 빠른데 원인을 모르겠으니 정밀 검사를 해보자고 했다. 서울병원을 찾았지만, 담당 선생님 없어 다른 의사 선생님에게 진료를 받았다.

"피검사는 정상입니다. 간혹 극소수 약물 부작용이 있는데 환자분이 그 케이스입니다. 약을 줄여서 먹어 봅시다."

처방해준 약을 먹고 담당 선생님이 계시는 날 진료 예약을 해서 갔다. 검사 결과 호르몬 분비가 제대로 이루어지지 않았다.

"진짜 힘든 케이스네. 약을 높이면 심장이 뛰고 약을 낮추면 호르몬 분비가 제대로 이루어지지 않고?"

귀에 볼펜을 끼우고 머리를 만지며 고민을 하다가 눈을 반짝이며 종이 위에 글씨를 적는다. 월화수목금토일 요일을 적어 놓고 수요일, 토요일에 동그라미를 친다.

"요일별로 약을 따로 먹어 보자. 참 어렵다. 어려워! 수, 토는 노란색 약 나머지 월화목금일은 분홍색 약을 먹는 거야. 어렵지. 그래도 이 방법을 써 볼 수밖에 없어서 한번 해보자. 잘 할 수 있지?"

어깨를 두드려 주셨다. 나이가 지긋하신 선생님은 언제나 손녀처럼 대해 주셨다. 선생님의 방법대로 약을 먹었더니 심장은 다시 정상으로 돌아왔다. 한 달 뒤 다시 병원을 찾았다. 두꺼운 안경 너머로 컴퓨터를 보고 밝은 미소로 쳐다봤다.

"응, 이 방법이 맞았어. 수치도 정상이고 가슴도 이제 안 뛰지?"

"네, 선생님."

"그렇게 쉽게 가는 길도 있지만, 가끔 이렇게 돌아가는 길도 있어. 이게 인생이야. 잘했어. 이제 이렇게 약을 먹어. 6개월 후에 보자."

활짝 웃으며 다른 방으로 걸음을 옮겼다. 인생의 고비를 넘기고 숨을 돌려는 순간 터널에서 가만히 있는 차를 뒤에서 들여 박았다. 가벼운 충격이라 생각하고 외제 차 아가씨한테 말했다.

"괜찮아요. 그냥 가세요."

그러나 몸이 약한 나는 그대로 주저앉아 버렸다. 목이고 허리고 시간이 갈수록 통증은 심해졌다. 교통사고의 후유증이 생겼다. 목과 허리가 아파서 정형외과 병원을 가서 진료를 받았다. 엑스레이를 찍고 의사 선생님 앞에 앉으니 컴퓨터를 들여다보며 말했다.

"엑스레이 가지고 판독이 어렵습니다. 시간 내서 MRA 찍어 봅시다. 비용은 60만 원입니다."

안나를 옆에 두고 물리치료 받았다. 산부인과에서 자궁검진 하라는 문자가 왔다.

'암은 미리 검사받으면 막을 수 있다.

생각이 들어 자궁검사를 하러 갔다. 며칠 후 전화가 왔다.

"자궁 조직검사를 받아 보세요."

사고 후유증을 안고 산부인과를 달려갔다.

"수술한 지 얼마 안 되었는데 괜찮을까요?"

"조직검사는 경부 근처에 있는 조직을 몇 번 떼서 하는 간단한 검사예요. 걱정하지 마세요."

엄마들이 말하는 굴욕 의자에 앉아 검사를 받았다.

'2015년 얼마나 많은 병원을 오가며 치료를 받는가? 더는 아무런 일이 생기지 않으면 좋겠다.' 생각하고 두 손 모아 기도를 했다.

"끝났습니다. 조직을 떼어냈기 때문에 약간의 출혈이 있을 수 있지만 금방 나을 겁니다."

의사 말을 찰떡처럼 믿고 나왔다. 금방 출혈이 멈출 거라고 했지만 출혈은 양동이에 쏟아지는 것처럼 쏟아졌다. 패드를 시작해서 옷과 이불에도 피가 흥건했다. 다음날 안나 조리원 동기 모임 사진 촬영이었다. 빠질 수 없어 사진만 찍고 병원으로 갔다.

"선생님 피가 너무 많이 나요."

"그럴 리가 없을 텐데 일단 봅시다."

의자에 누워 있는데도 피는 계속 흘러내렸다.

"조직을 떼 낸 부분에서 출혈이 계속 있네요. 수술실로 올라가서 레이저 시술해 봅시다."

"그러면 피가 멈추나요?"

"네, 대부분 멈춥니다."

의사 말을 믿고 산부인과 수술대에 올랐다. 수술대만 오르면 요한이가 생각이 났다. 그러나 새벽에도 피범벅이었다. 의사는 될 수 있는 대로 움직이지 말라고 했다. 움직임을 최대한 줄여도 요한이 등 하원을 시켜야 했고 씻기고 밥을 먹이고 잠을 재워야 했다. 이 모든 과정이 끝나면 신랑이 퇴근해서 돌아왔다. 출혈로 새벽에 병원을 찾았다. 임시방편으로 거즈를 댔다. 거즈를 빼면 피는 여전히 멈추지 않고 흘렀다. 차도가 없자 선생님이 수술 부위를 꿰매자고 했다.

"꿰매면 나아요?"

"아무래도 그렇죠."

의사 선생님 믿고 또 수술대에 올라 기도를 한다.

'제발 피가 멈추게 해주세요.'

피가 멈춰야 살아가지 이렇게 살 수 없다. 꿰매고 나면 출혈이 멈출 거라는 예상은 빗나갔다. 선생님은 안경을 만지면서 난처한 표정을 지었다.

"환자분 같은 케이스는 매우 드뭅니다. 몸이 모래알 같아서 조금만 건드려도 무너지는 것 같습니다. 워낙 수술도 해서 다른 사람보다 회복력이 떨어지네요. 자궁 전체를 보자기 싸듯이 꿰매야 할 것 같습니다. 생리만 나올 수 있는 길을 만들어 놓고 다 싸매야 하겠어요."

"일단 조금 생각을 하고 오겠습니다."

"네, 그렇게 하세요. 이틀 후에도 안 멈추면 그 방법을 써보도록 합시다."

'자궁을 보자기 싸듯이 꿰맨다고? 그게 가능한 일이야?

신랑한테 전화했다.

"자기야, 아무래도 서울병원으로 가보자."

연차를 쓰고 신랑과 함께 서울병원을 갔다.

"환자분의 몸 상태가 너무 약하다 보니 출혈이 잘 안 멈추는 듯합니다. 일단 미국 전쟁터에서 사용하는 군용 거즈를 처방해 드릴게요. 가격은 비싼데 그래도 효과가 있을 것입니다."

전쟁터에서 사용하는 거즈를 대고 산부인과에 입원해서 누워 지냈다. 2015년, 머리부터 발끝까지 부위별로 고통을 맛보게 되었다. 허전함을 달래기 위해서 틀어 놓은 TV에서 노래가 흘러나온다.

"언젠가 가겠지. 푸르른 이 청춘 지고 또 피는 꽃잎처럼"

스마트폰으로 하루 동안 재생해서 들었다.

'이 순간도 내가 보내는 세월의 한 자락이 될 것이다.'

다이어리를 펴고 살고 싶은 삶을 펜을 들고 쓰기 시작했다.

제4장
세상을 향해 외치다

여자로 태어나
아름답게 살아보자

병원 입원실 창밖으로 회색빛 건물이 새하얀 눈으로 덮어 버렸다. 그 사이로 ktx가 빠르게 지나간다. 하늘 위로 새들이 비상의 날개를 펼친다. 세상은 은빛으로 빛나고 있다. 그림 같은 풍경을 내 인생으로 가져오고 싶었다. 인생을 아름답게 전환할 무엇인가가 절실하게 필요했다. 대학 시절 외모가 외국 사람처럼 크고 수염이 많이 난 친구가 있었다. 졸업하고 걱정거리가 있으면 항상 친구에게 달려가 고민 상담을 했다. 그날도 커피숍에서 만나 인생이 힘들다고 이야기를 늘어놓았다. 실내는 에어컨으로 시원한데 친구는 떨어지는 땀을 휴지로 닦으며 말했다.

"지은아, 피할 수 없다면 즐겨."

친구의 말이 뇌리에서 맴돌았다. 병원에 입원해 링거 꽂고 출혈이 멈추기를 기다리는 상황도 피할 수 없다. 그렇다면 즐기면 되는 것이다. 여자로 태어났다. 엄마가 되었다. 더 아름답게 피어나는 꽃처럼 살아갈 수 있다. '일체유심조.' 모든 것은 마음먹기에 달린 것이다. 그동안 어떤 마음으로 살았는가? 원망하고 비난했다. 길에서 만난 거미줄에 붙잡혀 허둥지둥 발버둥 쳤다. 줄은 더욱 옭아 맺는다. 빠져나올 수 없는 거미줄 위에서 절망하며 아무것도 하지 않고 눈물만 흘렸다. 그런데 눈을 떠 보니 거미줄보다 큰 나를 발견한다. 거미줄을 걷어내고 다시 앞으로 걸어간다. 다이어리에 글을 쓴다.

'여자로 태어나 아름답게 살아보자.'

잔잔한 클래식 음악에 발레복을 입고 무대 위에서 춤추는 발레리나가 떠올랐다.

'발레를 배워보자.'

병원에서 나가면 발레학원에 등록해야겠다. 마음을 먹었다. 병원에서 처방받은 군인 거즈를 한 통 다 사용하고 출혈은 멈추었다. 드디어 비상의 날갯짓을 할 때가 왔다.

발레학원을 검색하다 백화점 문화센터에서 영국식 발레수업이 눈에 들어왔다. 일주일에 한 번 1시간 30분 스트레칭과 발레를 배울 수 있는 곳이었다. 신랑한테 말을 했다.

"자기야 나 발레 배워보려고 하는 어떻게 생각해?"

"백화점까지 다니려면 버스 타고 왔다 갔다 해야 하는데 자기가 할 수 있겠어? 나 홀아비 되기 싫어 그냥 집 앞 동사무소에서 요가 배우는 게 어때?"

"그럼 일단 발레수업 하는 거 한번 보고 올 게 그건 괜찮지?"

"난 다 좋은데 자기가 힘들 것 같아서 그게 가장 걱정돼. 그래도 정하고 싶으면 한번 갔다 와."

아침 8시 30분 버스정류장에서 요한이 유치원 버스를 기다렸다. 노란 버스가 오면 친구들과 줄지어 버스에 올라 혼자서 안전띠를 하고 앉아 손을 흔든다. 유모차에서 앉아 있는 안나도 잘 다녀오라며 손을 흔든다. 노란 유치원 버스가 엉덩이를 흔들며 출발한다. 버스가 안 보일 때까지 손을 흔든다.

"잘 다녀와 우리 아들 사랑해."

안나는 아파트 관리사무소에 있는 어린이집에 등록했다. 어린이집 오리엔테이션 시간에 원장님이 걱정하는 눈빛으로 아이를 보내지 말고 '넌 잘 할 수 있어.' 용기를 주면서 어린이집을 보내 달라고 당부를 했다. 그때 어린이집 폭행 사건이 줄줄이 터지고 어린이집 CCTV가 의무화되던 때라 무척 예민하던 때였다. 원장선생님이 어린이집과 부모의 공감이 가장 중요하다고 했다. 속상한 일 있으면 주변 엄마들에게 이야기하지 말고 직접 원에 이야기해 달라고 했다. 나도 어린이집 다니는 어린이가 되어 원장님 말을 듣기로 했다.

"엄마 다녀올게. 안나야 잘 지내고 있어. 있다 만나자."

잇몸까지 만개하면 아이를 미소로 보냈다. 안나는 울지 않고 씩씩하게 들어갔다. 그리고 집에 들어와 밥에 물 말아 김치를 얹어 몇 숟가락 떠먹고 나왔다. 버스를 두 번 갈아타고 백화점 문화센터 발레 교실 앞에 들어섰다. 수업시간보다 일찍 도착해서 아무도 없었다. 강단 규모에 한쪽 벽 전체에 거울이 붙어 있었다. 거울 끝에 발레 바가 옆으로 놓여 있었고 밑에는 요가 매트가 여러 장 쌓여 있었다. 10시 30분이 되자 딱 달라붙은 요가복을 입고 동글동글 인형처럼 생긴 선생님이 들어왔다. 발레리나 전공인 선생님 몸은 근육으로 꽉 붙잡혀 있었다. 클래식 음악이 흘렀다. 선생님의 스트레칭 동작을 따라 했다. 학창시절 합기도, 유도, 씨름에서 배운 스트레칭 실력으로 잘 따라 했다. 그러나 발레 바를 잡고 무너지기 시작했다. 발레 동작은 쉽지 않았다. 선생님은 발레를 하는데 나는 살풀이를 하고 있었다. 선생님이 배를 만지면서 말을 했다.

"배에 힘이 전혀 없어요. 힘을 길러 보세요."

1시간 30분 꽉 채워서 발레를 하고 집에 돌아와 누워 있었다. 깜박 잠이 들었다. 눈을 떠보니 오후 3시 50분 요한이 유치원 버스를 놓쳐서 핸드폰 벨이 계속 울리고 있었다.

"어머님 안 계셔서 요한이 유치원으로 다시 왔어요. 무슨 일 있으세요?"

"네, 죄송합니다. 바로 갈게요."

서둘러 택시를 타고 유치원으로 갔다. 요한이는 엄마가 안 나와서 울었지만, 전화를 받고 그쳤다고 했다. 선생님께 죄송하다고 말씀드리고 아이의 손을 잡고 유치원을 나왔다.

"요한아, 미안해 엄마가 깜박했어."

"괜찮아요. 지금 이렇게 오셨잖아요."

"우리 이제 안나 데리러 가자."

"네 엄마, 그런데 엄마 왜 늦었어요?"

"사실은 엄마 낮잠 잤어."

"네? 진짜요? 하하하."

요한이도 나도 어이없어서 서로를 바라보고 웃었다. 발레 1시간 30분이 체력소모가 많았다. 발레는 힘없이 자연스럽게 하는 것이 아니었다. 어떤 운동보다 근육을 많이 사용했다. 자신의 모습을 그대로 드러내며 동작하나 하나에 신경을 써야 했다. 쓰지 않던 근육과 머리를 쓰니 기절하듯 잠들어 버렸다. 일주일이 동안 발레수업을 기다렸다. 어느 날 새벽 눈을 뜨니 이명이 아닌 발레 음악이 들려왔다. 머리에서 들리는 음악에 맞춰 춤을 추니 신랑이 말했다.

"발레가 그렇게도 좋아?"

"응, 발레 음악이 귀에서 들릴 정도로 좋아."

"그럼 발레복도 사야지. 무엇이든 복장이 중요해."

그동안 레깅스 바지 입고했는데 신랑의 말을 듣고 발레복을 구매했다. 팔다리에 살이 늘어져 있고 배도 살짝 나왔다. 신랑이 그 모습을 보더니 꼭 유치원생 발표회 모습 같다고 했다. 발레가 삶으로 들어왔다. 선생님이 내 사연을 알고는 가볍게 지도를 해주었다. 천천히 숨을 쉬는 법과 근육을 사용하는 방법을 알려 주셨다. 만약 선생님이 어렵게 발레를 가르쳐 주셨다면 한 달도 못 하고 포기했을 것이다.

"안되면 눈으로 보고 따라 하세요. 눈으로 보는 것도 큰 공부예요. 잘하려고 하지 말고 따라만 하세요. 그렇다고 안 하면 늘지 않아요. 하려고 노력하는 것만으로도 실력이 늘 거예요."

선생님이 마음으로 천천히 잡아 주었다. 발레가 끝나면 탈의실에서 수강생들과 옷을 갈아입는다. 그 안에서 소녀들의 웃음꽃이 까르르 피어난다. 30대부터 60대까지 다양한 연령층이 모여 있는 언니들과 친구가 되었다. 모두 올망졸망한 은방울꽃을 닮았다. 발레가 끝나면 함께 차를 마시며 서로의 삶을 나누었다. 하루는 60대 왕언니가 상아색 바탕에 꽃무늬가 있는 원피스를 입고 왔다.

"언니 어디서 이렇게 예쁜 옷을 사 입어요?"

"응, 나랑 같이 가볼래?"

가까운 옷가게를 찾았다. 왕언니가 옷을 골라주었다. 탈의실에서 옷을 갈아입고 나오니 친구가 말한다.

"지은아, 그동안 너 왜 안 꾸미고 다녔니? 이렇게 이쁜데 말이야."

그동안 남의 옷을 주워 입고 다녔던 이야기를 허물없이 말했다. 함께 있던 언니와 친구들이 이구동성으로 말했다.

"너 이제 그렇게 살지 마!"

왕언니가 곱게 썰어진 샌드위치를 입에 넣어 준다.

"이쁘고 맛있는 음식 먹으면서 살아. 우리 동생 그동안 고생이 많았어. 나 있잖아. 60대 할머니야. 그런데도 이렇게 예쁜 것만 보면 이렇게 입고 싶어. 동생은 나보다 나이도 훨씬 어린데 뭐가 문제야 예쁘게 살아 엄마가 도와줄게."

그날부터 발레 왕언니는 나에게 발레 엄마가 되었다. 그동안 인생사는 법을 몰랐다. 구두쇠처럼 아끼면 되는 건 줄 알았다. 손에 움켜쥐고 살았지 펼치지 않았다. 구부리기만 했지 가슴 펴고 사는 법을 몰랐다. 봄 햇볕이 따스하게 몸에 쓰며 들어왔다. 발레를 하고 하롱하롱 피어나는 꽃이 되었다.

인생의 꽃을 그리다

인디언 속담에서 '하고자 하는 것에 대해 1000번을 되뇌어 말하면 그 소원이 이루어진다.'라는 말이 있다. 초등학교 6학년 방학 숙제로 현대미술관 견학을 하러 가게 되었다. 미술관에 들어서니 백남준의 작품이 제일 먼저 들어왔다.

'와 이게 몇 개의 TV로 만들어진 거야? 이 사람은 돈이 엄청 많은 부자인가보다.'생각이 들었다. 판잣집에 살던 어린 소녀는 거대한 벽에 걸린 캠퍼스 작품을 보고 눈이 번뜩인다.

'세상에 이런 그림이 다 있구나. 어떻게 작품이 탄생했을까? 어떻게 하면 저런 그림을 그릴 수 있을까? 나도 저런 그림을 그려보고 싶다.'

가슴 속에 그림에 대한 꿈을 키워갔다. 집으로 가는 길, 사거리 건너편에 레코드 가게 2층에 화실 간판 이 보였다. 과감하게 문을 열고 들어갔다. 긴 머리를 한 언니들이 앞치마를 하고 가냘픈 손목으로 이젤 앞에 앉아 데생하는 뒷모습이 들어왔다. 처음 보는 초등학생이 문을 열고 들어오자 시선이 집중된다.

"무슨 일로 왔니?"

"저도 그림을 배우고 싶어요."

"그림을 좋아하는구나, 그런데 아직 어려. 나중에 중학교 들어가게 되면 다시 찾아오렴."

그림을 그리는 사람은 얼굴도 예쁘고 말도 곱게 했다.

'나도 그림을 그리면 저 언니들처럼 예뻐질까?'

어린 마음에 그림도 그리고 언니들처럼 예뻐지고 싶었다. 두 마리 토끼를 잡고 싶었다. 그러나 주머니에는 백 원짜리 동전만 만져졌다.

'내가 크면 반드시 그림을 그리겠다.'

담임선생님이 단풍이 곱게 물들 때 사랑의 서약을 했다. 친구들은 결혼식에 참석 했지만 나는 가지 않았다. 왜냐하면 빈손으로 가고 싶지 않았다. 자리에 앉아 책상만 쳐다보고 있을 때 선생님이 불렀다.

"지은아, 이번 주 일요일에 선생님 이사 하는 데 도와줄래?"

가슴이 뛰었다. 선생님이 나의 도움이 필요로 했다. 일요일 선생님 댁에 갔다. 여러 집이 모여 있는 다세대 주택이었다. 몇 사람 들어가면 집이 꽉 차는 좁은 공간이었지만 적어도 판잣집은 아니었다. 파마한 머리를 뒤로 묶은 선생님이 안 입던 바지를 입고 반겨 주었다.

"지은이 일찍 왔네. 신문에 쌓여 있는 것을 벗겨 주면 돼 그럼 선생님이 정리할게."

화장실 문 앞에 앉아 신문지를 벗겨 냈다. 그릇도 있었고 시계와 액자도 있었다. 또 하나 벗겨 보니 A4용지만 한 그림이 나왔다, 붉은색 계열이 형태 없이 몽글몽글 뭉쳐져 있었다. 그림을 보고 선생님께 여쭤보았다.

"선생님 이거 그림이에요? 선생님이 그리셨어요?"

"응, 어떤 그림 같아 보이니?"

"장미꽃이요."

"우리 지은이 그림을 좋아하는구나."

웃으며 다시 일했다. 선생님은 고맙다고 자장면을 사주셨다. 그날 자장면은 꿀 맛있었다. 집으로 돌아오는 발걸음이 가벼웠다. 콧노래를 부르며 깡충깡충 뛰었다. 선생님 집에 있었던 일들을 떠올리며 판잣집 창문을 열고 노란 달빛을 향해 기도했다.

'제가 크면 꼭 그림을 그리게 해주세요.'

20대 그림을 그리기 시작했지만 결혼하고 붓도 내려놓았다. 임신과 출산 그리고 이어지는 병원 생활로 그림은 꿈도 못 꾸었다. 발레를 시작하고 다시 그림에 대한 열정이 피어났다.

'인생의 꽃을 피워보자. 그림을 시작하자.'

화가 선생님을 다시 만났다. 오랜 침묵의 시간을 깨고 왔는데 어제 만난 사람처럼 말을 한다.

"왔어?"

평범하게 말했지만 달라진 얼굴을 보고 놀란 표정이었다.

"무슨 일 있었어?"

"갑상선암 수술했어요."

"그랬어? 이리 앉아 그림 그려."

수강생 언니들은 안면이 있는 언니들도 있었다.

"왔어? 그런데 어디 아팠어? 얼굴이 왜 이래? 혹시 갑상선 수술했어?"

목의 상처를 보고 눈치 빠른 언니가 말한다.

"네."

"그랬구나. 내 동생도 얼마 전에 수술했어. 나도 갑상선이고. 애들 키우면서 고생이 많았겠네."

다들 한 분씩 돌아가면서 안부를 묻고 위로와 격려를 해주셨다.

11시 30분이 되자 반장 언니가 쌀을 씻어서 밥을 한다. 얼마의 시간이 흐르자 김이 떠지고 화실 안에 고소한 밥 냄새가 스며든다. 밥이 다 되자

"밥 먹고 합시다."

도시락 반찬을 들고 언니들이 한자리에 모인다. 미정 언니가 나를 부른다.

"지은 씨, 밥 먹고 가. 밥은 여기 많으니까 같이 먹어."

숟가락 젓가락까지 챙겨준다. 얼떨결에 앉아 밥을 먹었다. 오랜만에 김이 나는 밥을 가족처럼 둘러앉아 먹으니 정겨웠다. 그림을 그리고 밥을 먹으며 정을 쌓아갔다. 아픔이 있으면 화실에 와서 던졌다. 나도 꺼냈다. 함께 이야기를 들어주고 공감해주는 공간이 소중했다. 언니들도 풀고 나도 풀고 서로 풀었다. 그리고 서로 안아 주었고 때로는 눈물도 닦아 주었다. 그림을 그리는 사람은 예쁘다. 그건 마음이 예뻐서 얼굴도 예쁜가 보다.

30대부터 70이 넘은 언니들과 정년퇴직하신 교수님, 간판을 그리셨던 할아버지, 빛을 그리는 아저씨까지 친구가 되어 그림을 그렸다. 삶을 그렸고 인생을 그렸다. 그림은 작가를 많이 닮는다. 발레도 음악도 모두 자신을 닮은 형태로 나온다. 그 사람 인생을 닮기 때문이다. 오랜 공백을 깨고 나온 자리에서 첫 작품이 나온다. 화병에든 꽃, 선생님이 보시더니 말씀하셨다.

"야, 고흐가 관 뚜껑 열고 나오다가 네 그림 보고 다시 들어가겠다."

언니들이 박장대소를 한다. 선생님 말씀 한마디가 배꼽을 잡게 한다.

"야, 이거 우리 인사동에 걸자."

2005년 독일 다녀온 후 같은 조였던 동생을 인사동에서 만났다. 갤러리를 작품 보며 말한다.

"언니, 언니도 그림 그리니까 나중에 인사동에 그림 걸리는 거 아니야?"

"과연 그럴까? 나도 그랬으면 좋겠다."

가슴 속에 간절히 원했던 것일까? 꿈이 이루어졌다. 2016년 인사동 시와 그림의 만남, 신랑과 아이 둘을 데리고 작품을 보러 갔다. 인사동 전시에 걸린 작품에 감사, 박지은이라고 적혀 있었다. 요한이가 신이 나서 말한다.

"엄마, 엄마 그림이 여기에 있어요."

"응, 그렇게 좋아?"

"와, 우리 엄마 그림 잘 그린다."

선생님이 액자도 특별히 엔틱 금테로 둘러 제작해서 주셨다. 아픔을 딛고 일어선 제자에게 주는 선물이었다. 지금도 함께 작품을 하면서 쓴소리 단소리를 하지만 언제나 그 소리가 내 귀에는 달콤하게 들린다. 화실 문을 열고 들어가서 선생님을 보고 말한다.

"선생님, 보고 싶었어요."

"오늘 약 먹었어? 애 또 약 안 먹었네? 빨리 약 챙겨 먹어."

화실에 웃음 꽃망울이 펑펑 떠진다.

하늘은 스스로 돕는 자를 돕는다

'하늘은 스스로 돕는 자를 돕는다.'

즉 어떤 일을 이루기 위해서는 자신이 노력이 중요하다는 속담이 있다. 장바구니를 들고 먹거리 가게에 들어섰다. 집에서 나오기 전에 결혼 전에 입었던 상아색 바탕에 회색 땡땡이가 그려진 원피스를 입었다. 구두는 신랑이 화이트데이에 사준 베이지색 구두를 신었다. 전신 거울 앞에 서서 옷매무시를 가다듬고 분홍빛 립스틱을 발랐다. 아이를 키우면서 7cm 구두를 신고 장을 본 것은 처음이었다. 기분 전환하고 싶었다. 매장에서 두부, 콩나물 두 봉지, 두유 5팩을 담고 있었다. 파르르 머리를 깎은 스님이 보자 나도 모르게 고개를 숙여 인사를 하고 자리를 비켜 드렸다. 순간 스님의 커다란 눈이 마주쳤다.

"보살님, 좋은 일이 생길 것입니다."

낮고 고요한 목소리로 말씀하셨다.

"스님, 저 그동안 너무 힘들게 살았어요. 그런데 저한테 좋은 일이 생기다니요?"

"아닙니다. 좋은 일이 생길 것이라고 얼굴에 쓰여 있습니다."

말을 마치고 장바구니를 들고 계산하셨다. 스님의 말 한마디로 가슴이 뛰기 시작했다. 가게 문을 나가는 스님의 옷자락을 붙잡고 두유 5팩 묶음을 내밀었다.

"아닙니다. 안 받습니다."

"제 마음이에요. 받아주세요."

한사코 사양하시는 스님에게 간신히 드렸다. 스님은 잔잔한 미소가 보이셨다. 자전거 뒤에 장바구니를 싣고 검은 고무줄로 떨어지지 않게 감으셨다. 한번 더 인사를 나눈 다음 하얀 고무신을 페달에 올려놓고 회색 승복을 휘날리며 가로수길 사이로 사라졌다.

스님이 하신 말씀을 곱씹었다.

'좋은 일이 생길 것입니다.'

스님이 왜 나에게 그런 말을 하셨을까? 나는 불교 신자도 아니고 그렇다고 얼굴이 좋은 편도 아닌데? 오늘 화장을 해서 그런가? 그때 시어머니한테 전화가 왔다.

"애 잘 지내고 있니? 몸은 어떠니?"

"괜찮아요. 어머님 그런데 장 보다가 스님 한 분을 뵈었는데 스님이 저에게 좋은 일이 생길 것이라고 말해 주셨어요."

"애야 앞으로 좋은 일이 생기려나 보다."

언제부턴가 시어머니와 전화를 하면 기본이 30분 길면 1시간 또는 하루에 5~6번이고 통화를 했다. 친구들보다 더 많은 대화를 나누었다. 때론 울기도 하고 웃기도 하면서 시어머니와 삶을 나누었다. 어머님과 통화를 하고 끊으니 신랑한테 바로 전화가 왔다.

"또 시어머니랑 통화했지?"

"응, 어떻게 알았어?"

"자기가 전화 오래 붙들고 있는 사람이 시어머니 말고 또 누구 있겠어?"

사실 친구들과는 카카오톡으로 주고받지만, 어머님과는 생생한 목소리로 통화한다. 주된 화제는 아이들 육아와 신랑 이야기다. 전화를 끊을 때쯤이면 이야기는 언제나 같다.

"어머님 그이 정말 좋은 사람이에요."

"응, 그렇게 말해 줘서 고맙구나. 다 네 복이다."

"어머님이 잘 키워 주셔서 그렇죠. 저도 아이들을 어머님처럼 키우고 싶어요."

"하하하. 그래 우리 며느리 참 고맙다."

누군가 당신이 가장 존경하는 사람이 누구세요? 물어본다면 한 치의 망설임도 없이 신랑입니다. 그리고 신랑을 훌륭하게 키워 주신 시어머님입니다. 라고 자신 있게 말한다.

신랑은 농번기가 되면 시댁에 가서 농사일을 도와 드린다. 새벽 5시에 일어나 빈속으로 시댁에 가서 밭을 갈고 일을 했다. 계속되는 기계 고장으로 한나절을 고생하고 저녁 6시에 머리부터 발끝까지 흙을 뒤집어쓰고 왔다. 그의 모습을 보니 온종일 어떻게 일했는지가 한눈에 보였다. 순간 눈시울이 붉어졌다. 정수기 한 통을 들고 물을 마신 후 신랑이 입을 열었다.

"논바닥에 주저앉아 기계 고치고 있는데 어머님은 어디 가셨는지 안 보이고 아버지가 물 마시라고 물을 떠 오셨는데 보니까 식용유통에 물을 받아 오신 거야. 기름인지 물인지 안 마시겠다고 했지. 기계가 고장 나서 부품 사다 고치다 보니 시간이 흘렀어. 지금까지 물 한 모금 안 마시고 하루를 버틴 거야. 운전하면서 집으로 오는데 서글픈 생각을 들었어. 내가 왜 이렇게까지 일을 해야 하나? 생각하다가 눈물이 핑 돌았어. 왜 그랬는지 알아? 우리 아버지가 그렇게 사셨던 거야. 아버지가 할아버지한테 했던 모습 그대로 내가 그렇게 사는 거야. 어느새 나도 아버지 삶을 살고 있구나. 라고 생각을 했어."

이야기를 듣고 신랑의 얼굴에 붙은 풀잎을 떼어 주며 안아 주었다. 그의 땀과 눈물이 몸에 스며들었다.

"자기가 존경스러워."

다음부터는 신랑이 시댁에 일하러 가면 전날 유부초밥을 쌓아 도시락 가방에 물과 함께 과일을 챙겼다. 그런데도 급한 성격으로 두고 가는 날이 많았다. 그런 털털한 모습까지도 신랑을 존경한다. 신랑을 훌륭하게 키워 주신 어머님도 함께 존경한다. 가난한 살림에 장난감 하나 못 사주고 키우신 시어머니, 소풍날 다른 아이들 손에 장난감이 쥐어져 있었다. 신랑도 어머니에게 뛰어가서 말했다.

"어머니 나도 총 사줘."

"애야 나중에 엄마가 돈 많이 벌면 사줄게."

"응, 알았어."

뒤도 안 돌아보고 동무들과 뛰어놀았다는 이야기를 해 주셨다. 해줄 것이 없어 미안함에 어머님은 화를 내지 않고 키우셨다. 한번은 동네에 짚 무더기에 불이 나서 달려가 불을 끄는 사건이 있었다. 어른들이 불을 끄고 나서 누가 했냐고 물으니 모두 이구동성으로 신랑을 지목했다. 어머님은 낮은 어조로 말했다.

"애야 네가 그랬니?"

"아니요."

고개도 못 들고 풀이 죽어 있는 모습을 보니 한눈에 아들이 한 것을 아셨다. 그런데 불 보고 놀란 아들을 혼내면 더 놀랄까 봐. 혼내지 않고 뒤돌아서서 아이 편을 들어 주었다. 어머니의 육아 중심이 바로 쓴 분이다. 아이를 혼내지 않았지만, 아이를 안정시킨 후 불은 위험하다는 것을 차근차근 말해 주셨다. 어머니 육아는 첫째로 어머니는 자식을 믿어 주었다. 두 번째는 아이의 잘못된 행동을 지적하지 않고 이해시켰다. 그 뒤로 신랑은 위험한 행동을 하지 않았다. 과연 나였다면 어떻게 했을까? 자식을 믿어 주고 사랑의 깊이를 알게 키우신 어머니의 육아를 본받고 싶다. 무슨 일이 있으면 시어머니께 전화한다.

지역 내 성당건립기금을 모금행사가 있었다. 친정아버지가 여행을 떠나면서 네가 가라고 티켓 5장을 주셨다. 티켓에 숫자가 적혀 있었다. 1등 해외성지순례였다. 마음속으로 기도가 되었다. 아침에 미사를 드리고 성당 기부 행사에 참여했다. 티켓으로 먹거리를 구매하고 십자가를 샀다. 그리고 다시 집으로 왔다. 발표가 5시였다. 가을을 재촉하는 비가 부슬부슬 내렸다.

"신랑이 비도 오는 데 갈 거야?"

"그럼 당연히 가야지."

"귀찮다."

"여보 빨리 가자. 응."

신랑을 재촉해서 아이들과 함께 차에 탔다. 차에 타자마자 아이들은 잠들었다. 행사장에 도착하니 빗방울이 더 굵어졌다. 신랑이 트렁크에서 우산을 꺼내 주었다.

"애들 자니까 여기서 기다릴 게 혼자 다녀와."

"알았어. 1등 되면 전화할게."

한쪽 눈을 찡긋 감았다. 아이가 둘이지만 여전히 신혼의 달콤함이 그대로 있다. 발표는 5시인데 우천 관계상 4시 30분부터 시작했다. 벌써 5등까지 발표가되었다. 비를 피해 천막 안에서 여러 장을 표를 들고 마이크에서 나오는 숫자에 귀를 기울였다. 자리를 뜨는 사람도 있었다. 나는 우산을 쓰고 무대 바로 앞에서 표를 부채처럼 펼치고 기다렸다. 4등, 3등, 2등 그러나 나에게 필요한 것은 단, 하나 해외성지순례이다.

"드디어 1등만 남았습니다. 1등 되고 싶은 사람 있으세요?"

"네,"

우산도 팽개치고 손을 번쩍 들어 올렸다.

"그럼 춤 한번 춰보세요."

엉덩이춤을 흔들어 보였다. 사람들이 박장대소를 했다.

"저분 만만한 분이 아니신 것 같습니다. 번호를 불러 봅니다."

첫 번호가 5였다. 내가 쥐고 있는 표 모두가 5자리로 시작했다.

혼자서 환호했다. 여섯 자리 숫자를 모두 맞췄다. 마지막 번호를 불렀다. 없었다.

"저분 제정신이 아닌 것 같습니다. 이리 나와 보세요."

표를 사회자에게 보여주었다.

"아, 자기 당첨번호를 쥐고 있는데도 정신을 못 차리시는군요."

1등 번호와 내 번호가 일치했는데 정신이 나갔는지 당첨번호도 못 읽고 있었다.

"1등 성지순례 당첨자가 나왔습니다. 축하드립니다. 무대 위로 올라오세요."

무대로 오르면서 빗물과 눈물이 섞여서 뚝뚝 떨어졌다. 신부님과 악수를 하고 해외성지순례당첨 팻말을 목에 걸어 주셨다. 사무실로 와서 인적사항을 알려 달라고 했다.

"해외성지순례 1등 당첨자에게는 300만 원 지원해드립니다. 가고 싶은 곳을 정하셔서 연락 주세요. 기한은 1년입니다."

팻말을 걸고 나오자 신자들이 한마디씩 했다.

"좋은 일 많이 하셨나 봐요."

하늘이 주신 선물을 받았다. 빗방울을 맞으며 생각했다.

'하느님, 다 알고 계셨네요. 다 알고 계셨어요.'

가슴을 쓰다듬으며 앞으로 어떻게 살아갈지 속삭여 주셨다.

떠나라

'야훼께서 너를 모든 재앙에서 지켜 주시고 네 목숨을 지키시리라. 떠날 때도 돌아올 때도 너를 항상 지켜 주시리라. 이제로부터 영원히.'

성지순례 당첨 팻말을 가리키며 나무 식탁에 앉아 신랑에게 말했다.

"자기야 같이 갈 거지?"

"애들은? 어떻게 하고 그러지 말고 혼자 다녀와."

"나 같이 어리바리한 사람이 어떻게 혼자 다녀와."

"그럼 그 친구와 함께 다녀오던지?"

"그래?"

유럽 배낭을 함께한 친구에게 문자를 보낸다. 그는 여행하면서 항상 성경책을 옆에 끼고 다녔다.

'야! 성지순례 당첨되었어. 돈은 내가 낼 게 같이 가자.'

'축하한다. 친구, 아내도 너랑 같이 가면 허락해 준다고 했다. 그런데 내가 가

면 누가 우리 식구 먹여 살리냐 마음은 고맙지만 미안하다.'

생각난 김에 배낭여행 같이 간 동생에게 문자를 보냈다.

'누나 축하드려요. 저는 개인적으로 산티아고를 추천해 드려요. 얼마 전에 다녀왔는데 값진 경험을 하고 왔어요. 누나도 꼭 다녀오세요.'

화실의 미정 언니에게 성지순례 당첨 소식을 말했다.

"지은 씨 축하드려요. 그럼 산티아고 다녀오세요. 자신을 찾는 여행을 다녀오길 바라요."

산티아고를 검색하다'나의 산티아고'영화 한 편을 발견했다. 아이들을 재우고 신랑과 함께 영화를 봤다. 산티아고 가는 아름다운 풍경만 생각했다. 그런데 비탈진 산과 여행자들이 낙오하는 장면을 보고 신랑이 말했다.

"자기야 산티아고는 혼자서는 힘들겠다."

"그럼 비아한테 연락해 볼게."

청년 성서 모임에서 만난 비아는 나보다 나이는 10살 어리지만, 정신적으로 성숙한 친구다.

'비아, 해외성지순례당첨 되었는데 같이 가자.'

'와! 언니 축하드려요. 그런데 저 회사에 취직했어요. 같이 가기 힘들 것 같아요.'

문자를 신랑에게 보여주었다.

"자기야 아무래도 안 되겠다. 우리 같이 가자."

"그럼 애들은?"

"애들도 함께 가는 거야. 우리 애들하고 변변한 여행가 본 적 없잖아. 우리 함께 가자."

"안나 4살, 요한이 7살인데 가능하겠어?"

"응, 한번 해보자."

"그럼 어디로 가?"

"교황님이 계시는 바티칸에 가는 거야."

"이탈리아까지 13시간 비행을 아이들이 견딜 수 있겠어? 비행깃값은? 모두 불가능하니까. 자기 혼자 패키지여행으로 갔다 와."

해외여행이라고는 하와이 한번 밖에 안 가본 사람이다. 국내 여행도 근처 바닷가 낚시만 다녔다. 그는 돈 때문이라도 여행을 가지 않을 사람이었다.

로마의 트레비 분수에서 오른손으로 왼쪽 어깨너머로 동전을 1번 던지면 로마로 다시 올 수 있고, 2번을 던지면 연인과의 사랑이 이루고, 3번을 던지면 소원이 이루어진다는 속설이 있다. 2005년 주머니에서 동전 한 개를 꺼내서 트레비 분수에 던졌다. 옆에 있던 친구가 말했다.

"너 또 오고 싶냐?"

"응."

갑상선 정기검진으로 병원을 찾았다. 대기시간이 길어지고 있었다. 신랑이 핸드폰을 만지작거리고 있었다.

"자기 뭐해?"

"가만있어 봐."

이탈리아 밀라노에 있는 친구와 연락하면서 비행기 표 저렴하게 예약하는 방법을 주고받았다.

"광표가 그러는데 12월에서 1월에 프로모션이 뜬데 그러면 저렴하게 예약할 수 있는데."

신랑의 친구 광표는 결혼하고 바로 밀라노로 갔다. 이탈리아에서 아이도 낳았다. 신랑은 저가 항공권을 구매하기 위해 총력을 기울여. 항공권 가격은 하루가 다르게 변하고 올랐다. 신랑이 말했다.

"4인 가족 이탈리아 밀라노에 들어가서 로마에서 아웃 하는 건 어때?"

"응, 좋아."

"그렇게 건성건성 대답하지 말고 진짜 괜찮겠어?"

"물론이지."

"그럼 나 예약한다."

"그래."

떨리는 손을 부여잡고 이탈리아 4인 항공권을 예약했다. 옆에서 보는 나도 가슴이 떨렸다.

"항공권 예약했어. 이제 변경되는 건 없어."

"응, 알았어."

"이제 남은 건 렌터카와 숙소야. 루트는 어떻게 짤까?"

"스위스를 아이들에게 보여주고 싶은데 가능할까?"

"그럼, 밀라노에서 내려 이탈리아 알프스 돌로미티 가자. 스위스 경계까지 갔다가 내려오는 거야. 어때 괜찮겠어?"

"응, 나는 자기가 참 좋아."

있는 힘껏 목을 끌어안았다. 신랑은 매일 같이 숙소를 비교해가면서 보여줬다.

"여기는 수영장이 있는데 이곳은 수영장이 없지만, 취사가 가능해 어디가 좋겠어?"

"수영장이 있는 곳이 좋아."

"그럼 차는 어떤 게 좋을까? 이 차는 가격이 저렴한데 반면 좁아. 여행하려면 좀 큰 차가 좋겠지?"

"짐이 많으니까 트렁크가 큰 차가 좋을 것 같아."

"그래 알았어. 자기는 나만 믿어."

2017년 설날이 오기 전, 한 달 만에 항공권과 렌터카 숙소를 예약했다. 아이들을 재우고 맥주를 마시며 신랑이 종이 뭉치를 내밀었다.

"당신 뜻대로 다 예약을 했어. 어때?"

"정말 고마워. 그런데 자기는 배낭여행 경험도 없고 아무것도 모르는데 어떻게 이렇게 준비를 다 할 생각을 했어?"

"그걸 나도 모르겠어. 어느 날부턴가 항공권을 예매하고 숙소와 렌터카를 검색하는 거야. 나도 모르는 힘에 이끌린 것 같아. 지금 생각해도 신기해."

눈에 보이지 않는 힘이 자신이 움직이고 있었다는 신랑의 말을 듣고 눈시울이 붉어졌다.

'이번에도 당신께서 도와주셨네요.'

사람들이 말했다. 4살 아이와 7살 아이를 데리고 어떻게 해외여행을 가느냐고, 7월 휴가철 40도가 넘는 날씨에 아이들을 어떻게 돌볼 것이냐고 걱정을 했다. 사실 걱정 되었다. 한 달에 한두 번은 토하고 쓰러져 누워 신랑이 달려와 뭉친 근육을 풀어주고 죽을 먹여 주었다.

"자기 이런데도 갈 거야? 지금이라도 늦지 않았어. 취소할까?"

"아니야, 갈 수 있어."

보이지 않은 힘이 우리를 이탈리아로 끌어당기고 있었다.

이탈리아 여행

2004년 독일에 대한 꿈을 가슴에 품고 기도를 했다. 기도는 2005년 7월에 기적처럼 이루어졌다. 독일 여행 후 처음 만난 친구들과 유럽 배낭여행을 계속했다. 한국으로 돌아와 햇살의 눈 부심에 눈을 떴을 때 여행과 사랑에 빠졌다.

다시 여행을 떠날 수 있을까?

결혼 후 신랑 친구가 이탈리아 밀라노에 갔다는 소식을 접고 신랑에게 말했다.

"자기야 자기 친구 광표, 언제 만나러 갈 거야?"

"당신 몸도 안 좋은데 그런 말이 나와?"

"이탈리아에 가면 몸이 씻은 듯 나을 것 같아."

신랑은 철없는 아내의 말에 그저 웃기만 했다.

'꿈을 계속 간직하고 있으면 반드시 실현할 때가 온다.' 말처럼 해외성지순례 당첨의 기적을 주었다. 기적은 또 다른 기적을 낳았다. 신랑이 회사에서 우수

사원으로 뽑혀 해외여행 지원금이 나왔다. 하늘이 이탈리아로 갈 수 있게 만들어주었다. 이탈리아로 출발하는 7월의 아침, 요한이가 태권도 도복을 입고 나왔다.

"날씨도 더운데 도복은 왜 입었어?"

"저는 대한민국 태극기가 붙어 있는 도복을 입고 이탈리아에 갈 거예요."

"그래 너의 뜻이 그렇다면 입고 가."

아이의 굳은 의지가 벗으라고 말을 하지 못했다. 카시트 2대와 트렁크 3개를 휴대용 유모차를 이고 지고 KTX를 타고 인천공항에 도착했다. 인천공항은 많은 사람으로 붐볐다. 아이를 잃어버릴까 봐 손목 줄을 두 개를 준비했다. 그러나 손목 줄은 인천공항에서도 이탈리아에서도 사용하지 않았다. 처음 본 광경에 아이들은 두 눈이 휘 둥글둥글해졌다. 비행기 발권을 기다리며 요한이 태권도 도복은 사람의 관심을 받게 되었다. 지나가는 사람들이 아이를 보며 웃었다. 시선을 느낀 아이는 사람들 앞에서 태권도 시범을 보였다. 박수 소리가 났다. 그러나 엄마는 깊은 한숨을 쉬며 걱정을 했다.

'이 아이를 데리고 13시간을 갈 수 있을까?

신이 나의 기도를 들었을까? 영상매체에 노출되지 않았던 아이는 의자에 붙어 있는 스크린을 보면서 13시간 비행을 걱정 없이 보낼 수 있었다. 비행기 창문 옆에 신랑과 아이들이 나란히 앉았다. 나는 통로 옆에 앉았다. 옆자리에 머리가 하얀 이탈리아 노부부 앉아 있었다. 의자가 비좁아 보일 정도로 키와 덩치가 무척 컸다. 빨간색 티셔츠를 입고 야자나무 수가 초록색 반바지를 입었다. 물놀이공원에서 볼 법한 옷차림이었다. 그는 경쾌한 몸짓으로 좌석에 앉아 아내를 챙긴 후에 헤드폰을 끼고 클래식 음악을 클릭하고 허공에 지휘하며 음악을 들었다. '인생은 아름다워' 몸짓으로 표현하는 것처럼 보였다. 짧은 시간 우리는 친구가 되어 손짓과 발짓으로 이야기를 나누었다. 그의 이름은 마우로이며 60세이고, 아내는 마리안나 63세 3살 연상이다. 마리안나는 머리가 은빛으로 반짝반짝 빛났다. 아름답다고 말했더니 마리안나를 사랑스러운 아기를 껴안듯 안고 말한다.

"베이비,베이비"

60살이 넘은 노부부의 사랑이 느껴졌다. 둘이서 발리에 여행을 갔다가 서울을 거쳐서 이탈리아로 간다고 했다. 2005년 이탈리아 갔다가 사랑에 빠져 가족과 함께 다시 이탈리아 여행을 떠나게 되었다고 말했다. 마우로가 이탈리아를 사랑해줘서 고맙다고 두 손을 모아 고개를 숙이며 인사했다. 언어의 장벽을 극복하고 우리는 계속 대화를 나누었다. 목에 있는 수술 자국을 보고 자신의 딸도 갑상선암 수술하고 힘들었지만, 지금은 밝게 살고 있다고 핸드폰 사진을 보여주었다. 강아지를 안고 웃고 있는 딸의 모습을 보고 마리안나는 눈시울을 붉혔다. 13시간 비행이 이처럼 즐거울 수 있을까? 다른 사람들의 걱정과 염려를 뒤로하고 우리는 평온한 비행을 할 수 있었다. 비행기에서 내리자 인천공항과 다른 냄새가 난다. 여행하면서 각 나라의 냄새가 무지개색처럼 다양하다는 것을 알게 되었다. 이탈리아의 공항에서 자연에서 느껴지는 풀냄새와 바위의 석회석이 냄새가 났다.

"요한아, 안나야 우리 이탈리아에 왔어."

태어나서 처음 타는 비행기, 목적지가 이탈리아 밀라노였다. 산골에서 온 듯한 수수한 차림의 네 사람은 말도 통하지 않는 이탈리아에서 표지판만 보고 다녔다. 오랜 기다림 끝에 신랑이 렌터카를 빌려 밀라노 호텔에 도착했다. 짐을 풀고 씻고 자려고 했는데 신분증과 카드가 없었다. 12시가 넘은 시간 신랑은 공항에 다시 갔다 왔다. 하지만 찾지 못했다. 이 순간 내가 할 수 있는 일은 기도박에 없었다. 잠 한숨 못 자고 일어나 차를 앉았는데 신분증과 카드가 내 자리에 떨어져 있었다. 이탈리아 첫 신고식을 마쳤다. 밀라노 호텔의 아침은 낮은 습도로 경쾌했다. 숲으로 우거진 호텔에 토끼들이 뛰어다녔다. 아이들은 푹 자고 일어나서 토끼와 함께 뛰어다녔다. 호텔 조식을 보는 순간 아이들 눈동자가 접시만큼 커졌다.

"이거 그냥 먹어도 돼요."

이탈리아 조식 뷔페는 막 구워진 빵과 과일, 생과일주스와 에그, 버터와 우유, 치즈 햄 모든 재료가 싱싱했다. 거나하게 먹고 우리는 이탈리아 밀라노를 빠져나와 가르다호수를 거쳐 몬테발도 회전 케이블카를 타고 정상에 올랐다. 시간이 오후 2시가 지났다. 굶주린 배를 채우기 위해 햄버거와 소시지와 음료수를 샀는데 아이들 입에 안 맞는지 먹지 않았다. 몬테발도 앞에서 펼쳐지는 가르다호수를 바라보며 생각했다.

'신이 우리를 왜 이곳으로 데려왔을까?'

그동안의 아픔과 시련 상처를 내려놓고 호수처럼 맑은 이 마음으로 노를 저어서 오라고 말했다. 푸른 들판에 앉아 내려놓음을 배웠다. 끝없이 펼쳐진 몬테발도의 푸른 들판, 호수를 향해 나비처럼 훨훨 날아가는 스카이다이빙의 모습을 넋을 놓고 바라보았다. 머리가 검은색은 우리 네 사람밖에 없었다. 내려가는 케이블카에서 신랑과 요한이가 보이지 않았다.

"여보, 여보."

소리 높여 부르니 100명이 넘는 사람이 다른 방향의 케이블카를 향해서 손짓한다. 감사함을 표현하고 신랑이 있는 쪽으로 갔다.

"모두가 우리를 바라보고 있어."

내가 신랑을 찾게 되자 사람들도 안도의 숨을 내쉬며 손으로 인사를 해주었다. 그들도 호수를 닮았다.

가르다호수를 벗어나 이탈리아 알프스 돌로미티의 중간 지점에 있는 숙소를 찾아갔다. 사과농장을 하는 농막이었다. 머리가 곱슬머리인 아저씨와 나보다 더 마른 아내, 그리고 아빠를 꼭 닮은 귀여운 초등학교 2학년 남자아이가 있었다. 우리를 1층 숙소로 안내했다. 목조로 된 집에서 나무 향이 배어 나왔다. 조리실에서 밥과 된장국을 끓여 먹었다. 밥을 잘 안 먹는 요한이도 혼자서 밥 한 그릇을 비워냈다. 굶주림이 가장 맛있는 식사다. 라는 것을 배우게 된 것이다. 다음날 새벽에 일어나니 비가 내리고 있었다. 두꺼운 옷을 꺼내 입고 처마 밑에 있는 차 탁자에서 빗소리를 감상했다.

'우리에게 이런 시간을 허락해 주셔서 감사합니다.'

주인아저씨는 8시가 돼서야 눈을 비비고 일어나 맨발로 우리에게 왔다. 요한이 표정을 읽고 앵무새 새장을 들고 나왔다. 앵무새가 이탈리아어로 말했다.

"차오, 차오."

요한이도 안나도 같이 따라 했다.

"차오, 그라찌에"

아저씨는 맨발로 우리를 따라오라고 손짓했다. 창고에 들어가서 토끼를 안더니 토끼에게 뽀뽀했다.

요한이 안나에게 번갈아 가며 안겨 주었다. 아저씨의 따뜻한 마음에 감동하고 차를 돌려 이탈리아 알프스 돌로미티로 향했다. 병풍처럼 둘러싸인 자연의 광활함을 보고 아이들은 넋을 놓고 바라보았다.

돌로미티 정상에서 요한이는 파란색 망원경을 사달라고 했다. 18유로를 내고 샀다. 요한이는 망원경을 들고 이탈리아 알프스를 바라보았다. 그 모습을 바라보며 손목에 찬 묵주 알을 돌리며 기도했다.

이탈리아 알프스를 찍고 우리는 태양, 바람, 바다, 빛의 도시 베네치아를 향해 갔다. 바다의 내음이 코끝을 밀고 들어왔다. 호텔에 도착해서 짐을 풀고 나왔다. 베네치아 밤이 밝아 오고 있었다. 요한이가 옷자락을 붙잡고 말했다.

"엄마, 우리 그냥 마트에서 장보고 집에서 쉬어요."

"그래, 그럼 그렇게 하자."

아침과 점심은 조식을 해결하고 저녁은 조리가 가능한 곳에 밥을 해 먹었다. 그러나 호텔에서는 과일과 우유, 빵, 간단한 조리 식품을 배를 채웠다. 여행의 하루는 간단했다. 잠을 자고 배를 채우고 떠나는 것이었다. 여행에서 배우는 지혜, 단순하게 사는 것이다. 지나고 나면 아무것도 아닌 일로 온갖 인상을 써 가면서 힘겨움에 몸부림쳤다. 이탈리아 여행은 단순했다. 심지어 날마다 들여다보는 핸드폰 검색도 필요하지 않았다. 먹고 자고 몸의 신호를 해결하고 사는 것이었다. 단순한 삶은 통해서 불꽃 같은 화도 사라졌다. 다음날 새벽에 일어나 베네치아 수상 버스를 타고 산마르코대성당으로 갔다. 새벽의 산마르코 성당 대광장은 비둘기와 청소하는 사람만 있었다. 이탈리아 청년이 우리를 보고 먼저 말한다.

"차오."

그들은 눈을 마주하고 미소로 인사하는 것이 일상이다. 가던 길을 멈추고 아이들을 보면서 머리를 쓰다듬고 말한다. 요한이도 안나도 길에서 사람은 만나면 인사를 했다.

"차오."

광장의 비둘기들이 날아오른다.

"차오, 차오.

이탈리아가 말했다.

'너무 복잡하게 살지 말고 흐르는 강물처럼 살아가라고.'

사랑한다
아이야

'베네치아, 너를 만나기 위해 오랜 시간을 겹겹의 사연을 안고 이렇게 왔다. 우리의 만남은 짧았지만 나는 너를 만나러 다시 올 것이다. 그때 너를 더 많이 안아보겠다. 잘 있어라. 내 사랑 베네치아,'

손목의 묵주 알을 돌리며 피렌체를 향해 갔다. 피렌체 온도는 40도가 넘었다. 아스팔트 아지랑이가 찜질방처럼 피어올랐다. 그런데도 미켈란젤로 광장으로 향하는 여행자의 발걸음 멈추게 하지 않았다. 요한이는 공원에 설치된 망원경을 통해 이탈리아 피렌체 도시를 살폈다. 취사가 가능한 호텔에 들어와 김치를 넣고 된장국을 끓였다. 매운 것은 가리던 요한이도 제법 잘 먹었다. 굶주린 배를 든든하게 채우고 침대에서 그림을 그리며 여유의 시간을 보냈다.

이탈리아에서 에어컨은 좀처럼 보기 힘들다. 간혹 있어도 에어컨은 시원하지 않다. 상점도 외부 공기와 차이가 나지 않는다. 그런데도 그들은 웃으며 '차오.'하며 웃으며 인사를 한다. 40도가 넘는 날씨에도 느긋하게 살아가는 그들의 방식을 배웠다.

새벽에 일어나 아르노강을 따라 휴대용 쌍둥이 유모차를 밀고 갔다. 길은 네모난 돌로 되어 있어 울퉁불퉁했다. 발판이 없는 쌍둥이 유모차가 불편했을 법인데 남매는 어른 고양이처럼 장난치고 잠을 잤다. 어느 이탈리아 부인이 아이들을 보고 말했다.

"쌍둥이예요? 나도 쌍둥이 엄마예요."

머리를 쓰다듬고 지나갔다. 요한이와 안나는 정말 많이 닮았다. 아기 때 사진을 들여다보면 누가 요한이고 누가 안나인지 구분이 안 될 정도로 닮았다. 요한이를 임신했을 때 달빛에 비친 신랑의 얼굴을 보며 생각했다.

'신랑을 닮았으면 좋겠다.'

말대로 요한이는 아빠의 모습을 많이 닮았다. 안나도 아빠를 닮았다. 이것을 보고 유전자 몰방이라고 해야 하나? 셋은 붕어빵 틀에 찍어 놓은 것처럼 닮았다. 한번은 유치원에 안나 손을 잡고 갔다. 처음 보는 선생님이 안나를 보고 말했다.

"너 요한이 동생이지, 어쩜 요한이 어렸을 때 모습하고 똑같니?"

눈썹이 짧고 둥그런 눈에 입술이 앵두같이 예쁜 신랑의 얼굴을 닮은 아이 둘을 낳았다.

하늘은 바라는 대로 선물을 주셨다. 그런데 어떻게 살았는가? 요한이가 밥을 안 먹는다고 소리치고 화를 냈다. 집에 있는 책과 장난감을 바닥에 늘어놓고 크레파스와 물감을 바닥에 칠해 논다고 엉덩이 때렸다. 내 뜻대로 되지 않는다고 소리치고 야단치고 던지면서 화를 뿜어냈다. 어린 시절 나의 아버지의 모습을 그대로 닮았다. 이불 속에서 울며 벌벌 떨던 내가 그대로 아버지 모습을 흉

내 내고 있었다. 여행하는 동안 요한이이게 소리를 지르지도 야단을 치지도 않았다.

'왜일까? 누가 달라진 것일까?'

요한이는 7세에도 이불에 오줌을 쌌다. 동네 소아청소년과를 찾았다.

"진료받았던 병원에 가서 상담을 받아 보세요."

서울병원에 전화하니 야뇨증 전문 선생님께 진료를 받으라고 했다. 아이를 데리고 병원 가서 진료를 받았다. 하얀 얼굴에 키가 작은 의사 선생님이 요한이를 지긋하게 바라보며 웃는다.

"네가 요한이구나."

"요한아 어디가 불편해?"

"똥을 쌀 때 왼쪽 옆구리가 아파요."

"설명을 정확하게 하는구나."

아이의 머리를 만져 주셨다.

"선생님 혹시 아이가 예전에 받은 수술로 인해서 그런 것일까요?"

"아니라고 할 수는 없지만, 꼭 그 때문이라고 볼 수도 없습니다. 야뇨증은 심리적인 것이 큽니다. 검사해 보니 요한이 방광이 다른 아이들에 비해 작은 편입니다. 방광이 채워지기도 전에 바로 화장실로 가는 빈뇨증상이 있습니다. 일단 변비를 해결하시고 자기 전에 수분 섭취를 줄여 주세요. 그리고 야뇨증약을 처방해 드릴게요. 한 달간 먹여 보고 오세요."

야뇨증 치료 기간은 짧게는 6개월, 더 길어질 수 있다고 했다.

새벽에 찾은 산타 마리노 노벨라 성당의 문은 굳게 닫혀 있었다. 정원에서 꽃을 바라보며 뛰어놀다 우피치 미술관으로 발걸음을 돌렸다. 쌍둥이 유모차에만 앉아 있던 요한이와 안나가 일어나서 그림을 보기 시작했다. 비너스의 탄생을 보며 말했다.

"엄마 이 그림 우리 집에 책에서 봤어요."

사람들의 사이를 비집고 들어가 작품을 감상했다. 방마다 작품은 끊임없이 펼쳐져 있었다. 예수님과 성모님 작품을 보면서 짧은 지식으로 설명을 해주었다. 작품을 감상하고 나와 계단을 내려가려는 우리를 보고 미술관 관계자가 손짓했다. 아이들을 데리고 계단으로 내려가는 번거로움을 알아보고 미술관 대형 창고로 안내했다. 좌측 창문으로 햇살이 들이 비치고 우측에는 우피치 미술관의 작품이 빈틈없이 놓여 있었다. 신랑과 눈을 마주치고 입을 물지 못했다.

'우피치 미술관의 비밀을 보았다.'

떠나기 전 주변 사람들은 아이들 데리고 이탈리아는 여행하기 힘든 곳이라고 했다. 하지만 아이들과 함께 있었기에 더 친절하고 관대했다.

호텔에서 짐을 정리하고 피사로 떠났다. 피사는 ZTL 구역도 많았고 또 아이들이 잠들어 내리지 못하고 바로 토스카나로 차를 돌렸다. 한없이 걷고 싶은 길, 토스카나. 8월의 밀밭은 바닥을 드러내고 있었다. 숙소로 향하는 길, 김이 모락모락 나는 곳에서 사람들이 온천을 즐기는 모습이 보였다.

"자기야 나 저기 가고 싶어."

"이 더위에 무슨 온천이야. 일단 숙소부터 들리자."

숙소에 도착하니 단층으로 된 집이 3동이 있었다. 주차장 밑으로 통나무집이 있었다. 개인 취사가 가능한 곳이었다. 숙소에 문을 열고 들어가니 바로 앞에 수영장이 있었다. 아이들은 길에 널린 도마뱀 빠져 불러도 듣지 못했다.

"수영장이다."

말을 듣고 요한이는 바로 옷을 벗어 던지고 깊이도 모르고 수영장으로 풍덩 들어갔다. 성인의 키보다 깊은 수영장, 위험한 상황이었지만 요한이는 빠르게 몸을 돌려 벽을 붙잡고 고개를 내밀었다. 앞니 없는 잇몸으로 수달처럼 웃으며 엄마를 바라본다. 한가롭게 수영을 하고 책을 보던 사람들이 이 모습을 보고 힘껏 웃는다. 네덜란드에서 아들과 함께 놀러 온 어머니가 나를 보더니 엄지를 들어 주었다. 습도가 낮아서 수영하고 나오니 40도가 더워도 불평의 대상이 되지 못했다. 손톱이 자라서 잘라야 하는 손톱만큼 작은 일로도 머리채를 흔들며 원망하며 괴로워했다. 토스카나의 더위가 불평 금지라는 또 하나의 깨달음을 주었다.

주린 배를 채우고 아이들과 벤치에 앉아 토스카나의 저물어가는 들녘을 바라보았다. 실바람이 인생의 달콤을 알려주고 지나갔다. 다음날 새벽에 일어나 비키니를 입고 사투니아 유황 온천을 찾아갔다. 자연이 빚은 층층 계단에 옥빛을 담고 온천물이 내려오고 있었다. 벌써 많은 사람이 계단에 앉아 사랑을 속삭이고 있었다. 자리를 잡고 앉으니 저 멀리 밀이 베어진 들판이 보인다. 얼마나 많은 밀이 그 자리에서 있었을까? 그림을 그려본다. 신랑이 시계를 보며 시간을 재촉한다. 그때 요한이가 말했다.

"아빠 그냥 우리 여기서 살아요."

"요한아, 여기가 왜 좋은데?"

"물도 있고 수영도 하고 뛰어놀 수 있잖아요. 저는 자연이 있는 곳이 좋아요."

요한이의 소원이 하늘에 닿고 있었다.

'모든 길은 로마로 통한다.'

치비타 천공의 성을 지나 우리는 로마 테르미니역 근처 호텔에 짐을 풀었다. 신랑은 렌터카를 반납하고 돌아왔다. 저녁으로 라면을 먹고 콜로세움으로 산책갔다. 거대한 문화유산을 눈앞에 두고 길에 굴러다니는 돌과 나뭇가지를 들고 땅에 풀썩 주저앉아 놀기 시작했다. 머리카락 색이 다른 아이들이 신기하게 바라보다 함께 머리를 맞대고 놀았다. 자연이 참된 교육이라는 것을 어른들에게 보여주었다.

다음날 교황님이 계시는 바티칸에 갔다. 요한이의 눈빛이 어느 때보다 빛났다. 박물관에 있는 유적의 설명을 읽으려고 했다. 유치원에서 요한이만 글씨를 모른다고 전화가 왔다. 글씨를 가르치려 해도 요한이는 듣지 않고 다른 일을 하러 갔다. 억지로 가르치는 것은 엄마와 아이의 육아에 방해가 될 것 같아 한글 가르치는 것을 그만두었다. 그러나 바티칸 박물관 문자가 요한이 언어의 눈을 뜨게 했다. 천년의 역사를 보고 느낀 아이는 무슨 생각을 했을까? 바티칸을 나와 로마 시내를 쌍둥이 유모차로 돌아다녔다. 신랑은 지칠 법도 한데 멈추지 않았다. 처음으로 가게에 들어가 토마토피자와 크림스파게티 음료수 2잔을 사 먹었다. 55유로였다. 처음이자 마지막 외식이었다.

판테온에 앉아 기도하고 나왔다. 첼로 소리가 광장을 가득 메웠다. 음악 선율에 수줍음 많은 4살 소녀가 춤을 추었다. 한 곡을 감상하고 가던 길을 재촉하자 안나가 옷자락을 붙잡고 말한다.

"여기서 음악을 끝까지 다 듣고 싶어요."

안나는 길거리 음악가 가방에 동전을 왔다. 그 모습을 수염을 멋있게 기른 파란색 모자 쓴 청년이 동영상을 찍어 보여주며 메일 주소를 물어봤다. 그의 친절에 천도복숭아를 내밀었다. 저녁이 되자 메일이 왔다.

'당신과 예쁜 딸이 아름다워 동영상에 담게 되었습니다. 항상 건강하시고 행복하시길 바랍니다. 언제 기회가 되면 남미 오면 가이드를 해드리겠습니다.'

이탈리아에서 기적을 경험하고 집으로 돌아왔다.

4살, 7살 아이와 이탈리아 여행을 간다고? 걱정했던 모든 일은 일어나지 않았다. 오히려 여행에서 배웠다.

'생을 단순하게 살아라.'

그동안 아무것도 아닌 일로 손을 움켜잡으며 끙끙 앓았다. 심지어 오늘의 운세에 삶을 적용했다. 아침에 일어나 밥 먹고 여행하고 잠든 여행을 하면서 한 번도 아프지 않았다. 아픔도 내가 만든 것이다. 앞으로 어떻게 살아갈 것인가? 다시 한번 생각하게 되었다.

그림 같은 집

결혼하고 임신과 출산, 육아만 생각했지 아이를 수술대에 눕힐 거라고 상상도 못 했다. 병원 입원실에서 수술실, 퇴원 후 다시 응급실을 다니던 횟수가 차츰 줄어들었다. 3살 요한이 인지력에 도움을 주기 위해 가베를 시작했다. 방문 선생님이 와서 요한이하고 30분 동안 가베 수업을 했다. 시작하고 석 달이 지났을 때 선생님이 말했다.

"어머님, 요한이는 제가 가르쳐 주는 것보다 자신이 하고 싶은 것만 합니다. 수업이 힘들어요."

선생님은 수업을 그만두었다. 유치원에서도 요한이는 자신이 하고 싶은 것만 한다고 말을 했다. 유치원에서 한글이 늦으니 한글을 가르쳐 달라고 했다. 학습지를 시켰지만 집중하지 않았다. 학습지 그만두고 생각했다.

'다시는 아이에게 학습에 강요하지 않겠다.'

아이의 자유성을 존중하고 지켜보기로 했다.

이탈리아 바티칸에서 작품을 보고 요한이는 문자에 대해 호기심을 갖기 시작했다. 지인에게 추천받은 학습만화 목록을 받아 10세트씩 중고로 구매했다. 요한이는 책에 집중하게 되었고 읽어 주지 않았는데 한 달 만에 한글을 떼고 같은 반 여자 친구에게 연애편지를 썼다. 요한이는 스스로 하는 아이였다.

요한이는 놀이동산보다 산과 들에서 뛰노는 것을 좋아했다. 동네 놀이터에서도 놀이기구에 관심을 두지 않고 개미를 관찰하고 나무와 흙을 가지고 놀았다. 아파트 현관의 정원수가 바람에 흔들렸다. 귓가에 음성이 들렸다.

'네가 원하는 것이 무엇이냐?'

'자연입니다.'

마음의 소리를 듣고 신랑에게 전화했다.

"시골로 가자."

"그래."

요한이가 걸음마를 시작하고 시골에서 살아볼까? 생각하게 되었다. 막연한 생각은 실행에 옮겨지지 않고 현실에 안주하게 되었다. 요한이가 7살이 되자 생각을 실행에 옮기게 되었다. 시골을 집을 찾아다니며 사람들의 사연을 듣게 되었다. 그들의 삶도 나와 닮았다. 집안에 앉아 세상을 바라볼 때 나만 아프다는 편협한 생각에 자신을 가두어 두었다. 그러나 세상 밖으로 나와 사람과 만나 이야기를 나누니 번데기가 갈라지기 시작했다.

시골이라는 환경 때문인지 오래된 집은 수리비가 많이 나올 것 같았고, 새로 지어진 집은 가격이 비쌌다. 지어진 집이 아니라면 집을 지어야 했다.

'집을 지으면 10년이 늙는다.'

주변에서 집짓기는 안 된다고 말렸다. 하지만 집을 사지 못하면 집을 지어야 했다.

'누구를 위해서? 아이를 위해서!'

이탈리아 여행에서 얻은 경험으로 다시 도전해 보기로 했다.

사면이 산으로 둘러싸인 땅이 우리를 선택해 주었다. 화살표 모양의 땅이 집을 짓기에 적당하지 않아 주변 시세보다 가격이 저렴하게 나왔다. 땅을 보고 바로 계약했다. 계약하던 날 가뭄으로 논바닥이 쩍쩍 갈라지고 있을 때 황금과 유황, 몰약과 같은 비가 내렸다.

땅을 사고 건축 박람회를 다녔지만, 계약이 이루어지지 않았다. 그림을 그리며 화가 선생님께 말했다.

"집을 지으려고 하는데 쉽지 않네요."

"그래? 그럼 내가 아는 건축설계 대표이사님 소개해 줄게. 잠깐 기다려봐."

선생님이 핸드폰으로 버튼을 누르며 전화를 했다.

"교수님, 안녕하세요. 그동안 잘 계셨나요? 다름이 아니라 같이 그림 그리는 제자가 집을 짓겠다고 하는데 잘 좀 부탁드립니다. 네네."

전화를 끊고 말했다.

"내가 잘 부탁드렸으니 가봐. 아마 잘 해 주실 거야."

화가 선생님이 소개로 버스 두 번 갈아타고 전철을 이용해서 건축 사무소를 찾아갔다. 자동문이 열리고 사무실 칸막이가 쳐져 있었다. 데스크 뒤로는 건축가 방이 있었다. 소개를 받은 대표이사님 방은 끝 방이었다. 문을 열고 들어가니 시내 한복판이 들여다보였다. 컴퓨터 책상의 개인 책상이 있었고 회의실에 있는 책상이 가운데 크게 놓여 있었다. 벽면은 책으로 빼꼭했다. 이젤 판 위에 고급 전원주택 사진이 있었다. 대표이사님은 깔끔한 정장 슈트와 단정한 머리, 흐트러짐이 없어 보였다. 대표이사님 뒤로 수채화 그린 단풍으로 물든 공세리 성당의 풍경화가 있었다. 자리를 잡고 앉았다. 대표이사님이 먼저 말을 꺼냈다.

"저도 민 선생님과 오랜 시간 그림을 그렸어요. 민 선생님이 보통 이런 부탁을 안 하는데 전화를 받고 놀랐습니다. 어떤 집을 짓고 싶은가요?"

"아이들과 한 공간에서 머물 수 있는 단층집에 단조로운 상자 형태 목조 주택을 짓고 싶어요."

아파트 공간의 집을 스케치해서 보여 드렸다. 대표이사님은 안경을 벗고 어깨를 의자에 기대면서 말했다.

"왜 이렇게 집을 지으려고 해요?"

"아이들과 한 공간에서 살고 싶어요."

"집은 불편해야 합니다. 편한 집이 좋은 집이 아니에요. 불편해야 움직이고 움직이면 몸이 건강해집니다. 그리고 집은 말이죠. 스토리, 즉 이야기가 있어야 해요. 기왕 짓는 것, 이야기가 있는 행복한 집을 지으세요. 그러지 말고 우리 집에 가봅시다."

핸드폰을 들고 전화를 건다.

"당신 지금 어디야? 나 지금 손님하고 집에 가려는데 괜찮겠어?"

전화기를 끊고 말했다.

"우리 집을 보시고 이야기를 더 나눌까요?"

대표이사님 차를 타고 설계사랑 함께 대표이사님 집에 갔다. 노출콘크리트 차고 문이 버튼 하나로 스르르 열리고 계단을 이용해서 정원을 들어가니 잔디가 깔려있었다. 고 벽돌과 징크로 조화를 이룬 저택이 눈앞에 펼쳐졌다. 집 기둥 양쪽에는 쇠사슬이 길게 늘어져 있고 그 밑에는 두꺼비 석상이 엎드려 있었다. 신기하게 쳐다보는 나를 보더니 말했다.

"이게 무엇인지 아시겠습니까?"

"잘 모르겠습니다."

비가 오면 빗물이 여기를 따고 내려옵니다. 대표이사님께서 집의 구석구석을 소개해 주었다. 소파 옆으로 벽난로가 있었다.

"전원주택 살면 반드시 벽난로를 놔야 해요. 이것이 겨울에 운치를 살려 줍니다."

거실 창문 밖으로 드라마에서 볼 법한 한 폭의 정원과 숲이 그림처럼 펼쳐져 있었다. 속으로 생각했다. 이렇게 좋은 집을 지으려면 얼마나 많은 돈이 있어야 할까? 과연 이런 집을 지을 수 있을까? 불가능해 보였다. 대표이사님 집을 나오면서 인사를 드리고 단념했다.

'내가 지을 수 있는 집이 아니다.'

수중에 있는 돈으로 대표이사님 댁 같은 집짓기에는 어림도 없었다. 욕심을 내기 싫었다. 아이들과 편하게 지낼 수 있는 집을 지어야겠다고 생각했다. 설계사에게 전화해서 내가 그린 설계도의 집을 짓겠다고 했다. 대표이사님한테 전화가 왔다.

"오늘 시간 되세요. 한번 봅시다."

대표이사님 사무실에 들어서자 커피를 주셨다.

"우리 집을 구경하고 어떤 생각이 들었나요?"

"제가 지을 수 없는 집이라고 생각했습니다."

"왜요?"

"비싸 보였습니다."

"가능하게 해드리겠습니다."

설계사무소는 집을 예술로 지어주는 곳으로 유명했고 그만큼 비용도 비쌌다. 그러나 절반도 안 되는 금액으로 설계해 주고 시공사를 소개해 주었다.

"직영으로 한번 지어 보세요."

30대 여자가 땅을 계약하고 설계사무소 도장을 찍고 시공사와 계약을 했다. 9월에 시작되는 공사가 진입로 분쟁으로 11월 겨울 공사를 시작하게 되었다. 요한이의 입학인 3월, 목표로 공사가 시작되었다. 신랑은 새벽 5시에 일어나 출근 전에 들려 공사 상황을 사진으로 찍어서 보내줬다. 혹독한 한파가 시작되었다. 한강이 얼어 버리는 날씨에도 공사는 계속되었다. 12월 30일 골조가 완성되었다. 벽돌을 쌓고 징크를 하고 내부공사를 하면 마무리가 된다고 했다. 산 밑이라 눈이 녹지 않고 영하의 날씨가 계속되었다. 시공사 사장님이 말했다.

"벽돌을 쌓으려면 적어도 0도는 되어야 합니다. 기다려 봅시다."

혹독한 추위를 이겨내고 오랜 기다림의 시간 끝에 집이 완성되었다. 완공된 집은 대표이사님 사무실에 있는 이젤의 고급주택이었다.

"어떻게 이렇게 좋은 집을 지어주셨나요? 정말 감사합니다."

"제가 한 건 아무것도 없습니다. 처음부터 박지은 씨 것이었습니다. 박지은 씨가 만든 작품입니다. 행복한 집에서 행복하고 건강하게 사세요."

너의 존재

안나는 3살부터 어린이집에 다니게 되었다. 엄마의 상황을 알았던 것일까? 제 발로 씩씩하게 걸어 들어갔다. 담임선생님이 말했다.

"아이는 어린데 생각이 깊은 게 느껴져요. 아프고 힘들어도 내색하지 않아요. 어린 나이에 꾹꾹 참고 견디는 모습을 보면 가슴이 아파요."

정말 그랬다. 열이 38도가 넘어도 몰랐다. 아프다는 내색 하지 않았다. 간혹 어린이집에서 속상한 일이 있으면 자기 전에 귓가에 대고 말했다.

"엄마 사실은 오늘 친구가 내가 가지고 놀던 장난감을 뺏어서 속이 상했어요."

"그랬구나, 우리 안나가 속상했겠다."

등을 쓸어 내려줬다. 오빠가 유치원 차를 타고 가면 안나랑 손을 잡고 어린이집을 향했다.

앵두 같은 입술로 조잘조잘 새처럼 종알거렸다.

"엄마 이 나무는 왜 허리가 구부러졌어요?"

"왜 그럴까?"

"할머니 나무라서 그런가?"

세상의 모든 것을 신기하게 바라봤다. 아이에게 답을 주지 않았다. 생각할 수 있게 질문을 했다.

"엄마 새는 비가와도 옷을 입지 않고 날아다녀요?"

"안나 생각은 어때?"

"새는 비옷 같은 날개를 가져서 그럴 건 같아요. 날개를 펴면 빗방울이 떨어지는 거 아닐까요?"

"와 정말 그런 것 같다."

비 오는 날 새의 모습을 관찰했다. 어느 날부터 어린이집이 가까이 다가오면 안나의 걸음이 조금씩 느려지기 시작했다. 안나와 눈을 마주 보며 이야기했다.

"안나야, 엄마가 옷에다 찌찌 주머니를 만들어야겠다."

"왜요. 엄마?"

"여기에 찌찌 주머니를 만들어서 안나를 넣고 다니게. 캥거루처럼."

"와, 그러면 정말 좋겠다."

"그럼, 엄마 가슴에 쏙 집어넣으면 찌찌도 마음껏 만질 수 있겠다."

해맑은 미소로 안나가 어린이집에 들어가면서 말했다.

"엄마 잘 다녀오세요."

주머니를 만들어서 안나를 넣고 다니고 싶을 정도로 사랑스러웠다.

"안나 공주님 엄마 찌찌 주머니 속으로 들어오세요."

"네네."

티셔츠 속으로 쏙 들어와 찌찌를 만졌다. 품 안에 안고 책을 읽었다. 입고 있던 티는 목이 늘어 났지만 아이를 품에 안고 있는 느낌이 좋았다. 아프지 않은 날은 아이들과 주로 집에서 책을 읽었다.

이탈리아 판테온 앞 광장에서 자유로운 복장으로 첼로 연주를 하는 모습을 보고 말했다.

"음악을 배우고 싶어요."

4살 안나는 음악에 취해 40도가 넘는 더위에도 1시간을 넘게 연주를 들었다. 숙소에 가서도 다시 첼로 음악을 들으러 가자고 졸랐다.

가을이 찾아와 노란 은행나무 길을 거닐었다. 기타를 연주하는 사람을 보고 옷자락을 잡아당겼다.

"엄마 우리 의자에 앉아 음악 듣고 가요."

한 시간 동안 움직이지 않고 기타 연주를 들었다.

"안나야, 음악이 좋아?"

"네, 엄마. 음악을 배우고 싶어요."

시어머니께 상의하기 위해 전화를 했다.

"애야, 모차르트도 어린 나이에 음악을 시작해서 신동이 되었단다. 우리 안나도 그런 재능을 갖고 태어난 것이 아닐까? 안나가 음악을 배울 수 있도록 네가 가르쳐 보렴."

어머니 말을 듣고 자기 전에 안나에게 말했다.

"안나야, 우리 내일 어린이집 갔다가 피아노 학원 가볼까?"

"정말이요. 꼭꼭 약속해요. 엄마!"

손가락을 걸고 아이는 미소를 지으며 잠들었다. 두 아이를 데리고 피아노 학원에 갔다. 안나를 보더니 선생님이 말했다.

"몇 살이죠?"

"4살이에요."

"애, 그럼 너 한글 아직 모르지? 한글 모르면 피아노 배우기 힘들어."

몇 주가 흘렀을까? 안나가 혼자서 글씨를 읽는 모습을 보았다. 신기해서 어린이집 선생님에게 물어보았다.

"요즘 한글 공부 하나 봐요? 안나가 글씨를 읽네요."

"요즘 한글에 관심이 있는지 형님 반에서 한글 공부하는 것을 옆에 앉아 보고 있었어요."

도둑 공부로 한글을 배웠다. 원장님과 상담을 하게 되었다.

"어머님, 안나에게 바이올린 가르쳐 보시는 게 어떨까요? 피아노는 손가락 힘이 없어 지금 힘들지만, 바이올린은 배울 수 있어요."

바이올린 학원을 검색해보니 집에서 2.5km 떨어진 곳에 있었다. 상담하러 가니 자리가 없었지만, 아이의 간절함을 알아보시고 선생님이 시간을 조정해 주었다. 바이올린 학원에 상담을 마치고 나왔는데 갑자기 안나가 울기 시작했다.

"엄마, 저 바이올린 만져 보고 싶어요."

다시 문을 열고 들어가 선생님에게 양해를 구하고 바이올린을 만져 보고 나왔다.

"안나야, 다음 시간에 바이올린 온대 조금만 기다리자."

집으로 돌아와 상자로 바이올린을 만들어 유튜브를 보면서 연주를 하기 시작했다. 팔이 아파서 더 하지 못할 때까지 연주하고 잠들었다.

'안나가 정말 음악을 좋아하는구나!'

요한이를 위해서 자연의 집을 선물하고, 안나를 위해서 바이올린을 가르쳐야겠다. 마음속으로 다짐했다. 바이올린 상담하고 돌아오는 날 토하면서 쓰러졌고 신랑이 돌아와 뭉친 근육을 풀어주고 나서야 죽을 먹고 정신을 차렸다. 다음날 신랑이 말했다.

"자기야, 바이올린 학원 다니는 것은 무리야, 그만둬!"

"내가 안나를 위해 해줄 수 있는 일이 생겨서 기뻐. 정 힘들면 그만둘게."

다음 날 그림을 그리러 갔다. 화가 선생님이 얼굴을 보고 말했다.

"또 어디 아파?"

어제 있었던 일이 하니 화를 내면서 말했다.

"머리가 나쁘면 몸이 고생이지, 도대체 왜 그렇게 사냐! 너 진짜 왜 그래! 이렇게 추운 날 두 아이를 데리고 그 몸으로 걸어갔다고? 그럼 택시 타, 그렇게 아프면 택시 타고 다니라고!"

한 시간이 넘도록 연설을 했다. 혹독한 한파가 옷 속을 파고들어도 우리는 왕복 5km 걸어 다녔다. 자궁 내막 검사를 하고 합주 수업이 있어 아이 둘을 데리고 수업을 하러 갔다.

선생님이 얼굴을 보고 말했다.

"어머님, 몸이 너무 안 좋아 보이세요. 보강 수업해도 되는데 이런 날 어떻게 오셨어요."

"괜찮아요. 선생님, 안나와 약속을 지키고 싶었어요."

"어머님, 제가 다음 수업이 없어요. 오늘 제가 모셔다드릴게요."

사양했지만 선생님이 집까지 데려다주었다. 또 한차례 많은 눈이 내리고 있었다. 아랫배에 묵직한 통증이 느껴졌지만 나도 무언가 해 줄 수 엄마가 되었다는 것에 기쁨을 느꼈다.

그대는 행복을 주는 사람

나는 매일 아픈 엄마였다. 천사처럼 예쁜 아이를 낳고 돌봐주지도 못하고 제대로 된 사랑을 주지 못했다. 몸이 아프다는 것을 화로 대신 풀었다. 그러면 아이들은 풀이 죽어 책을 봤다. 다른 엄마들처럼 맛있는 밥을 해주지도 못했다. 맨밥에 간장을 비벼 먹었다. 아이들이 화장실에서 스스로 목욕하고 있으면 변기에 머리를 처박고 토하고 쓰러져 있었다. 절약이 몸에 배어서 장난감이나 옷도 사주지 않고 꿰매서 입혔다. 놀이터에서 엉성하게 꿰맨 바느질보고 말했다.

"요즘 옷을 꿰매 입히는 엄마도 있나 봐?"

그랬다. 아이 옷을 꿰매어 입혔다. 솜씨도 없는 엄마는 실과 바늘이 들어 있는 상자를 꺼내서 분홍색 옷에 흰 실로 바느질을 했다. 찢어진 부분을 한 땀 한 땀 붙여 간다. 이상하다. 솜씨 없는 바느질이지만 실과 바늘이 들어가고 나올 때마다 마음이 차분해졌다. 바느질로 상처 난 가슴도 꿰맨다. 양말, 옷, 내복,

이불도 바느질했다. 색색의 실감이 없어 하얀 실로 꿰맨다. 프랑켄슈타인처럼 찢어진 부분이 그대로 드러났다.

'음악은 상처 난 마음에 대한 약이다.' 누군가 말했다. 안나는 상처 난 부분에 음악으로 약을 발라주었다. 바이올린을 시작하면서 물어보았다.

"안나는 왜 음악이 좋아요?"

"마음이 따뜻해져서 좋아요."

"안나는 왜 바이올린을 연주하고 싶어요?"

"저는 바이올린 연주하면서 아픈 사람을 낫게 해주고 싶어요."

무심코 물어봤던 말인데 대답을 듣고 눈물방울이 뚝뚝 떨어졌다.

"엄마 왜 울어요? 제가 말을 잘못했나요?"

"아니, 안나한테 감동해서 그래. 안나야, 사람들은 슬플 때만 우는 게 아니야, 기쁠 때도 눈물이 나거든. 엄마는 지금 안나 말을 듣고 기쁨에 감동해서 눈물을 흘리는 거야. 고마워 안나야."

"아니에요. 엄마, 엄마, 사랑해요."

안나는 다시 바이올린을 잡고 연주하기 시작했다. 유튜브를 보면서 자유롭게 자신이 느끼는 대로 연주했다. 2018년 새해가 밝아왔다. 바이올린 선생님이 2월에 정기 바이올린 연주회가 있다고 말했다. 안나도 무대에 올라가자고 했다. 연주회를 코앞에 두고 걱정이 앞섰다.

'안나가 못하면 어떻게 하지?'

사실 안나는 요한이와 반대로 부끄러움을 많이 타는 아이다. 어린이집 발표때도 손가락만 뜯고 있었던 아이였다. 고민하던 생각을 선생님께 말했다.

"선생님 만약 안나가 못하면 어떻게 하죠?"

"어머님, 무슨 걱정이세요. 그럼 내려오면 되지요."

걱정의 보따리를 내려놓았다. 마음이 한결 가벼워졌다.

"어머님, 그날 연주는 피아노 연주 선생님이 따로 오시는데 안나는 제가 할게요."

바이올린 연주회를 한다고 시어머님께 말씀드렸다.

"우리 갓난쟁이가 바이올린 무대에 올라간다고! 당연히 가야지!"

어머님은 아이를 갓난쟁이라고 부르신다. 사랑하면 닮아간다고 했던가? 어느 순간부터 나도 아이를 부를 때 갓난쟁이라고 부르기 시작했다. 바이올린 공연은 4시지만 1시부터 와서 총연습했다. 신랑 차를 타고 아이와 함께 공연장으로 길에 눈물이 핑 돌았다. 두 아이를 데리고 눈보라를 속을 걸어가는 장면이 눈앞에서 스쳐 지나갔다. 내 마음을 읽었는지 안나가 말했다.

"엄마 가슴에서 쿵쿵 소리가 나요."

"안나야, 안나 가슴 속에는 용기가 가득 차 있어. 용기가 너를 도와줄 거야. 엄마가 응원할게. 알았지."

안나는 고개를 끄덕이며 창밖으로 시선을 돌렸다. 신랑은 연주회 장소에 우영이와 나를 내려놓고 어머님을 모시러 갔다. 문을 열고 들어가니 빨간색 의자가 극장처럼 있었고 무대가 정면으로 보였다.

'저 위에서 4살 안나가 공연을 한다고?'

가슴이 뛰기 시작했다. 이름표가 붙여진 의자에 나이 순서대로 앉았다. 안나는 나이가 가장 어려 첫 번째로 앉았다. 모두 바이올린을 꺼내 들고 연습을 했다. 바이올린을 꺼내서 안나에 주었다. 아이는 바이올린은 안고 가만히 무대 위를 바라보았다. 옆에 앉은 언니들이 안나를 보더니 말했다.

"야, 바이올린 정말 작다. 네가 연주하는 거야? 정말 귀엽다."

안나는 부끄러움에 고개를 푹 숙였다. 총연습이 시작되었다.

"안나야, 올라와."

피아노에 반주에 맞춰 자신이 배운 대로 연주하기 시작했다. 처음부터 끝까지 자신이 배운 것을 다하고 내려왔다. 선생님이 미소를 지으며 말했다.

"안나야, 있다가 언니와 오빠들 올라갈 때 같이 올라가서 할 수 있겠니?"

새처럼 작은 목소리로 대답했다.

"네."

안나가 언니, 오빠들과 합주 무대에 올라갔다. 선생님이 말했다.

"안나야, 못 할 것 같으면 가만히 있어도 돼."

안나는 언니 오빠들의 바이올린 연주 리듬을 들으면서 처음부터 끝까지 함께 연주하고 내려왔다. 좌석이 채워지자 선생님이 무대 위에서 마이크를 잡았다.

"전문 음악가를 키우는 것이 아닌 감동을 주는 연주자가 되길 바라는 철학을 가지고 15년을 아이들과 함께했습니다. 여기 앉아 계시는 모든 분이 감동하시길 바랍니다."

박수가 이어지고 빨간 드레스를 입은 꼬마 아가씨가 무대에 올랐다. 가장 작은 바이올린은 턱에 올리고 피아노 반주에 바이올린을 연주했다. 안나는 가슴에 있는 상처에 약을 발라 주었다. 연주가 끝나자 많은 사람의 박수가 이어졌다. 무대에서 내려오는 동생을 요한이가 반겼다.

"우리 안나 어쩜 그렇게 바이올린 연주를 잘하니? 인형처럼 예쁘다. 정말 대단하다. 내 동생."

동생을 힘껏 안아 주고 동생에게 축하 선물을 가슴에 안겨 주었다. 그 모습을 보고 있는 엄마의 가슴은 감동으로 가득 차게 되었다. 언니 오빠와 하는 합주도 리듬을 타고 연주했다. 연주회 제목 '감동'이 영혼을 울렸다. 연주회는 계속 이어졌다. 나이 어린 친구들은 연주가 끝날 때까지 자신의 자리를 지키고 서로의 연주에 박수를 보냈다. 1시부터 6시까지 공연을 하는 동안 아이들은 이탈하지 않았다. 그대로 앉아 음악을 몸으로 느꼈다. 선생님의 감동 철학에 물든 질서였다. 마지막 연주는 바이올린 선생님과 제자들이 연주하고 테너가 노래를 불렀다.

'그대 행복을 주는 사람.'

노래를 예전부터 알고 있었지만, 가사가 가슴에 하나둘씩 들어와 감동의 울림을 주었다. 그동안의 삶이 병풍처럼 펼쳐졌다. 나는 그대에게 행복을 주는 사람이 되었고 행복을 받는 사람이 되었다. 내가 가는 길이 아무리 험난해도 이제 행복을 주는 사람이 있어 함께 걸어갈 것이다. 감동의 무대가 끝나고 옆에 있던 쓰레기 봉지를 두 장을 들고 신랑에게 한 장을 주었다.

"여보 나는 앞에서부터 쓰레기를 주울 게 당신은 뒤에서부터 내려 와줘."

모두가 떠난 공연장을 쓰레기를 주웠다. 감동의 무대가 준 울림이 움직임이었다. 어머님을 모셔다드리고 집에 오니 밤 10시였다. 문자가 왔다.

'바이올린 선생님입니다. 무대에 오르느라 긴장했을 우리 아이들 잘 쉬고 있는지요. 아이들의 감동 가득한 연주에 보람과 행복을 느꼈던 토요일이었습니다. 함께 할 수 있도록 용기를 북돋아 주시고 참석해 주신 모든 학부모님과 분주한 저를 보시고 연주준비와 마지막까지 도와주시던 어머님, 아버님 감사드립니다.'

마지막까지 음악의 감동이 이어졌다.

제5장
어떻게 살아야 하는가?

지금 이 순간에 충만하기

결혼과 임신, 출산과 병원 생활, 두 아이의 엄마, 암 환자. 지금까지 걸어온 삶의 과정이다. 소통이 없었던 요한이는 다른 아이와 함께 지내면서 마찰이 생겼다. 문제를 해결하기보다 많이 피했다. 무거운 짐을 이끌고 11월 1일 도서관을 찾았다. 새로 도착한 책 '절망 속에서 웃으며 살아간다' 눈에 들어왔다.

'작가의 삶이 얼마나 절망적이었으면 제목에 절망이라는 단어를 썼을까?'

작가의 삶이 궁금해서 아이들이 잠들고 책을 펼쳤다. 작가는 첫머리에 이렇게 썼다.

'내 책을 읽고 인생의 변화가 생기는 독자가 한 명이라도 있다면 나의 소명을 다한 것으로 생각한다. 그 한 명이 당신이기를 바란다.'

마치 작가가 나를 향해 손짓하는 것처럼 느껴졌다.

첫 장을 열고 끝까지 다 읽었다. 작가는 어렵고 힘든 삶을 이겨내며 매일 감사일기를 쓰고 있었다. 책을 덮는 순간 어디서 용기가 생겼는지 작가를 만나야 겠다고 생각을 했다. 작가에게 연락이 왔다.

"지은 씨, 오늘 만나요."

강은영 작가를 만나러 가는 길 대중교통을 이용하지 않고 걸어서 갔다. 걸으면서 생각을 정리하고 싶었다. 그녀를 만나러 가는 한 걸음 한걸음에 생의 힘을 주어 걸었다.

"5층 커피숍으로 오세요."

5층에 가니 3명의 여인이 앉아 있었다. 붉은 원피스를 입고 염색을 한 작가가 눈도 깜박이지 않고 동그란 눈으로 나를 봤다.

"어서 와요. 기다리고 있었어요."

평범해 보이는 작가들과 삶을 나누니 고통의 형태는 다르지만 짐을 짊어지고 가고 있었다.

"지은 씨도 책 써보세요. 그럼 도움이 될 거예요."

"저 같은 사람이 어떻게 책을 써요."

이렇게 말했지만 이미 내 가슴은 설렘에 두근거리기 시작했다.

"오늘 김지영 작가 강의가 있어요. 우리 함께 들어요."

전날 잠을 못 잤다. 무거운 눈꺼풀은 빨리 가서 수면의 양을 채워주기를 재촉했지만, 엉덩이는 강의실의 의자에 달라붙어 움직이지 않았다. 강의가 시작되면서 김지영 작가가 말했다.

"저는 당신 뒤에 있는 아이들이 보입니다."

강의가 끝나고 질문의 시간, 나는 작가의 신기를 빌려 내 뒤에 어떤 아이가 보이는지 궁금해서 손을 들어 질문했다.

"제 뒤에는 어떤 아이기 보이나요?"

"자신을 사랑하세요."

우문현답을 듣고 주변 사람들을 의식하지 않고 눈물을 훔쳐내기 시작했다. 제대로 인사도 못 하고 집으로 향했다. 눈이 녹지 않은 얼음의 길 위를 걸어갔다.

'어떻게 나 같은 사람을 사랑해야 할까요? 나를 사랑하는 방법을 모르겠어요.'

그동안 가까운 사람으로부터 부정적인 주홍글씨를 달고 살았다. 미움과 원망이 자리 잡은 곳에'자신을 사랑하세요.' 말을 듣고 눈물로 기도했다.

'저를 사랑하는 방법을 알려 주세요. 많이 부족, 하지만 간절히 기도드립니다.'

성경에 이런 말이 있다.

'건강한 사람에게는 의사가 필요하지 않으나 병자에게는 필요하다. 나는 의인을 불러 회개시키러 온 것이 아니라 죄인들을 불러 회개시키러 왔다.'

병자인 나는 의사가 필요했다. '과연 어떻게 나를 사랑해야 할까?' 매일 같이 생각을 했다. 나를 사랑해야 다른 사람도 사랑할 수 있다. 거꾸로 나를 사랑하지 않으니 다른 사람도 사랑하지 않았다. 계속되는 물음에 답이 왔다.

'나 같은 사람이 책을 쓸 수 있을까? 책은 전문가가 쓰지 않는가?

강은영 작가는 책을 쓰면서 각 티슈를 끌어 안고 썼다고 했다. 나는 글을 쓰기도 전부터 평강공주처럼 울었다. 3월 말 자동차의 움직임을 더디게 할 만큼 눈이 내렸다. 컵라면에 찬밥을 말아먹다 말고 울음소리를 토해냈다. 방에서 책을 보던 안나가 울음소리에 놀라서 달려왔다.

"엄마 왜 그래요? 무슨 일 있어요?"

"아니야."

아이 앞에서 울지 않으려고 했는데 한번 터진 울음은 멈추지 않았다.

"엄마 울지 마. 내가 있잖아."

고사리처럼 작은 손으로 엄마의 등을 쓸어내렸다. 엄마는 작은 아이 품에 안겨 더 크게 울었다. 안나는 팔을 풀어서 화장실에 가서 휴지를 가져와 붉어진 엄마 얼굴에 흐르는 눈물과 콧물을 닦아 주었다. 솜사탕처럼 고운 손길에 정신을 차리고 눈물을 닦았다. 멍하니 앉아 있다 식탁에서 일어나 책상 앞에 앉았다. 먼지가 하얗게 내려앉은 컴퓨터를 켰다. 고막을 울리는 소음을 내고 느리게 컴퓨터가 켜졌다. 하얀 바탕에 글을 쓰기 시작한다. 목차를 정한다. 매일 한 꼭지씩 책을 쓰기 시작했다. 또 다른 삶의 방향이 나를 이끌었다. 내가 글을 쓰는 이유는 무엇일까? 처음에는 요한이었다. 그리고 나의 삶을 이야기하고 싶었다.

'엄마가 이렇게 살았어. 이런 마음으로 너를 키웠어. 나쁜 엄마, 아픈 엄마라서 미안해. 너의 아픔을 이야기하고 싶지 않았지만, 이야기를 통해서 아픈 사람들에게 희망을 주고 싶었어. 그리고 엄마의 아픔을 이야기하면서 엄마도 다른 사람들에게 희망이 될 수 있기를 바라는 마음으로 글을 쓰게 되었어.'

그동안 기부라는 것을 모르고 살았다. 기부는 건강하고 돈이 많은 사람이 하는 것인지 알았다. 화실 반장 언니가 말했다.

"동네 벽화 그리는 데 참여할 사람 오세요."

창밖을 보니 흙가루를 하늘에 뿌려 놓은 것처럼 뿌옇다. 아침부터 미세먼지로 뒤덮혔다.

'이런 날 누가 벽화를 그리러 갈까?

아침도 먹지 않고 이불을 붙들고 있다가 침대 바닥에 발을 내려 걸어간다. 세수도 하지 않고 모자와 마스크를 쓰고 나갔다.

'오늘 하루 의미 있게 살아보자.'

쓰레기 더미로 쌓여 있던 골목을 치우고 옹벽에 스케치를 했다. 날이 어두워지고 빗방울이 떨어져 많은 작업을 하지 못하고 집으로 왔다. 가슴이 떨린다. 내일은 어떤 그림을 그릴까? 요한이가 집에 왔다.

"엄마 벽화 그릴 건데 어떤 그림을 그릴까?"

"엄마 고래를 그려주세요. 노란 국화 리본을 물고 있는 고래를 그려주세요."

요한이가 말한 고래 그림을 스케치해서 그림을 그렸다. 벽화는 공동 작업이다. 스케치하고 색깔을 만들어 색칠하며 함께 하는 것이다.

'세상은 나 혼자 사는 것이 아닌 함께 사는 삶이다.'

벽화 기부를 통해 내가 세상에 존재하는 이유를 알게 되었다. 기부의 삶이 시작되었다.

버틸 수 있는 힘

아침 햇살이 밝게 떠오른다. 눈을 비비며 아이들이 문을 열고 침대 속으로 파고든다.

"엄마, 사랑해요."

요한이는 머리카락을 만지고 안나는 가슴을 쓰다듬는다.

"엄마 찌찌가 제일 좋아요."

침대에서 꾸물거리는 아이들 발가락은 만지고 냄새를 맡는다.

"우리 아기 발 냄새는 아기 때하고 똑같네."

돌이 되지 않은 요한이 발가락에서 냄새가 난다. 발가락을 붙들고 말한다.

"여보, 요한이 발에서 자기 발 냄새가 나."

요한이 발 냄새를 맡으며 아기였던 때를 떠올린다. 요한이는 엄마만 보면 방긋방긋 웃었다. 잇몸을 드러내며 웃었다.

'어쩜 이리도 잘 웃을까?'

그러나 6개월이 지나고 나서 아이의 웃는 모습보다 비명을 질렀다.

'엄마 살려 주세요.'

눈물을 맺힌 눈으로 엄마를 바라봤다. 비명을 지르는 아이에게 엄마가 해줄 수 있는 것은 자책 섞인 눈물뿐이었다.

"엄마가 미안해, 미안해."

어린 아기에게 주는 고통을 내 탓으로 가져와 가슴을 쥐어뜯어 놓았다. 요한이는 자아가 성장하면서 저항심도 자랐다. 음식물 섭취에 저항했고 사회규범으로부터 저항했다. 저항을 반항으로 생각하고 엄마는 야단치기 시작했다. 어린이집, 유치원 그리고 초등학교 입학을 앞에 두고 시골로 이사 가기로 했다. 2018년 3월 시골의 작은 초등학교에 입학하려고 했지만, 공사 지연으로 근처 초등학교에 입학했다. 요한이는 수업이 끝나면 학교도서관에서 문 닫을 때까지 책을 읽었다. 이사 관계로 유치원에 입학하지 못한 안나를 데리고 함께 책을 봤다. 그날도 요한이는 도서관에 앉아 책을 보고 있었다. 요한이 머리를 쓰다듬었다. 순간 아이의 눈을 보고 동공이 흔들리기 시작했다.

"요한아 왜 이렇게 눈이 빨게?"

"친구가 화장실에서 놀리면서 눈을 찔렀어요."

"왜?"

요한이 말을 듣고 하늘이 무너졌다. 전학을 가기 때문에 가슴 속에 있는 상처를 선생님께 말하고 싶지 않았다. 하지만 숨기려 할수록 더 고통의 칼날은 더 깊이 파고들었다. 요한이 손을 잡고 떨리는 손으로 교실 문을 열었다.

"요한이 어머님, 무슨 일이세요?"

"친구가 요한이 눈을 찔렀다고 해서요."

"아, 아이들과 장난을 치다 그럴 수 있어요. 요한이가 산만한 아이라는 것 어머님도 아시죠?"

산만한 아이, 가시가 되어 돌아왔다.

"네, 그런데 왜 눈이 찔렸는지에 대해 선생님께 말씀드리고 싶어 왔어요."

그동안 아이가 겪었던 아픔을 선생님께 말씀드렸다. 선생님은 먼 곳을 응시하며 한참을 생각하고 입을 떼고 말했다.

"일단 눈이 너무 빨가니 병원부터 가보세요."

선생님께 무거운 짐을 드린 것 같아 덩달아 마음이 무거웠다. 아이를 데리고 안과를 갔다.

"친구한테 손가락으로 눈이 찔러서 왔어요."

"그럼 보험청구 하실 건가요?"

잘못 들었나 해서 다시 물었다.

"그게 무슨 말인가요?"

"상대방에게 손해배상 청구를 할 것인가요?"

"아니요. 저는 일반진료 받기를 원해요."

상대방 아이에게 책임을 전가하고 싶지 않았다. 눈을 찌른 아이도 내 아이의 친구이기 때문이다.

"다행히 눈에 상처는 없습니다. 단, 손에 있는 세균이 눈에 들어갔어요. 2가지 약을 처방해 드릴게요. 5분 간격으로 3시간마다 넣어 주세요."

넋이 빠진 채 약국 문을 열고 들어간다.

"아이가 다쳤나 봐요. 우리 아들도 이랬어요. 얼마나 놀라서 달려갔던지, 다들 이렇게 아이를 키워요."

"사실 아픔이 있는 아이인데 그로 인해 상처받았다고 하니 가슴이 아프네요."

약사 선생님이 처방된 약을 건네주고 따뜻한 쌍화차를 꺼내서 손에 주고 어깨를 감싸준다.

"한 병 마시고 마음을 진정시키세요. 우리는 엄마잖아요."

눈물이 하염없이 바닥으로 뚝뚝 떨어진다. 이럴 때는 어떻게 해야 하나? 한동안 말을 잊지 못한다. 감사의 말을 전하고 밖으로 나온다. 어둠이 내려앉은 겨울의 도시에 불빛이 켜졌다. 버스로 다섯 정거장이 되는 거리를 차가운 바람을 온전히 맡으며 걸었다. 요한이와 안나는 엄마의 발걸음을 힘겹게 뒤쫓아 왔다. 집에 들어와 아이를 씻기고 밥을 먹었다. 산만하다는 표현으로 진정되지 않은 마음을 아이를 붙들고 말한다.

"왜 그랬어? 왜 그랬어? 왜 그랬어?"

"엄마 울지 말고 제 이야기를 들어보세요. 사실은 유치원에서부터 친구들이 저를 놀렸어요. 그런데 착한 친구들이 다가와서 말했어요. 선생님께 말하겠다고, 그런데 제가 말했어요. 괜찮다고 이르지 말라고 했어요. 유치원 졸업하고 초등학교 와서도 또 친구들이 놀리는 거예요. 그래서 가슴이 아팠어요."

요한이의 말을 듣고 가슴을 껴안고 목 놓아 울었다. 거실에서 책을 보고 있던 안나가 엄마의 울음소리를 듣고 와서 함께 울었다. 다 내 탓이었다. 미안하다 미안하다. 엄마는 요한이의 숨겨진 마음의 상처도 모르고 야단을 쳤다. 눈물과 콧물로 범벅이 된 엄마의 얼굴을 휴지로 닦아 주고 아이처럼 우는 엄마의 등을 쓰다듬어 준다. 엄마의 울음이 잦아들자 요한이가 말한다.

"엄마 우리 이렇게 계속 울지 말고 방법을 생각해서 글로 써 보아요."

스케치북에 1번부터 3번까지 써놓고 글을 쓰기 시작한다.

1. 수업시간 집중하기
2. 화장실은 쉬는 시간에 가기
3. 친구 눈을 보고 당당하게 말한다. '놀리지 마.'

지금의 시련이
내 삶의 희망이 되길

요한이와 손을 잡고 KTX를 타고 서울역에서 내렸다.

아이는 기차에서 내리자마자 눈과 코를 손으로 가로막는다.

"요한아 왜 그래?"

"엄마, 여기 눈감고도 코 베어 가는 서울이잖아요. 그래서 이렇게 있는 거예요. 엄마도 어서 눈을 감고 코 가리세요."

에스켈레이터를 타려고 기다리는 사람들이 아이의 말을 듣고 피식 웃었다. 택시를 타기 위해 줄을 섰다. 나이가 많이 들어 보이는 할아버지가 낡은 옷차림으로 겨울에 슬리퍼를 신고 6살쯤 되는 아이를 데리고 있었다.

'손자인가?'

아이가 말한다.

"아빠, 미워 싫어."

"그렇게 다니면 위험해."

고개를 돌려 나이든 아버지가 나를 처다봤다.

"ＯＯＯ 병원 가려고 하는데 여기에서 타는 것이 맞나요? 아이가 아파서 병원에 가는 길이거든요."

"저도 여기 지리를 잘 몰라서요. 죄송해요."

"머 여기서 타면 알아서 가주겠지요."

에너지가 많은 아이를 부여잡고 말한다.

"야, 너 가만히 안 있어 안 그러면 아빠한테 혼날 줄 알아."

혼내면서도 주름 잡힌 얼굴에 미소가 가득했다.

'어디에서 왔을까? 분명 도시 사람은 아니다. 가슴이 아팠다. 주머니에 지폐라도 한 장이 있다면 주고 싶었다. 긴 택시 줄이 가까워지고 부자는 택시에 올라탔다. 기다리는 잠깐의 시간 동안 친해졌는지 아이는 창문을 열고 요한이에게 손을 흔들었다. 요한이도 아이에게 손을 흔든다.

"잘 가."

요한이가 택시에 올라타고 성호를 그으면서 기도했다.

"요한아, 무슨 기도 하는 거야?"

"좀 전에 본 아이가 낫기를 바라며 기도를 하고 있어요."

요한이는 사람들이 말하는 것을 놓치지 않고 기억을 한다. 간혹 내가 기억하지 못하는 것도 요한이가 기억해서 말해준다. 기도하는 모습을 백미러로 본 택시 아저씨가 말했다.

"너는 얼굴도 잘생겼는데 마음씨도 정말 착하구나."

아저씨의 친절한 배려로 병원으로 가는 발걸음이 무겁지 않았다. 택시에 내려서 어린이 병동을 찾았다.

"요한이 들어오세요."

얼굴이 하얀 남자 선생님이 요한이를 보며 웃는다.

"요한아 그동안 잘 지냈니?"

"네, 잘 지냈어요."

"어떻게 지냈나요?"

"잘 지냈는데 가끔 친구들이 놀려서 요한이가 상처받았어요."

"그랬구나, 요한아 한번 침대에 누워 볼래?"

선생님이 요한이 수술 부위를 보고 말했다.

"정상입니다. 아무런 문제가 없어요. 걱정하실 것 없어요."

선생님이 힘을 주어 말하며 아이 머리를 쓰다듬어 주었다.

"요한아, 잘 지내."

"네, 충성!"

의사 선생님께 경례하고 진료실 문을 닫고 나온다. 나오자마자 엄마 다리에 매달린다.

"엄마 저 맛있는 거 사주세요."

밥 안 먹는다고 혼내려다 중단하고 말했다.

"알았어, 어떤 거 먹고 싶은데?"

"토마토 스파게티요."

아이 손을 잡고 음식 코너로 갔다. 주문하고 암 환자에게 기부하는 곳에 들린다. 요한이가 입원하고 매일 세움에 들려 많은 시간을 보냈다. 붉은색 불 테 안경을 쓰신 분이 말을 한다.

"어디서 많은 본 사람 같은데?"

"여기 아이가 어릴 때 입원해서 자주 왔었어요."

"아, 그 아기 엄마 아니야? 애가 아프다고 유모차 끌고 날마다 왔던 엄마, 기억난다. 기억나,

나도 2011년에 처음으로 여기서 봉사하기 시작했어, 그때 심리적으로 매우

힘들어서 그래서 여기서 봉사하면서 지내다가 아기 엄마 봤지. 그 아기가 이렇게 컸어? 그동안 어떻게 살았어?"

그동안 있었던 삶의 이야기했다.

"아기 엄마 가만있어 봐 내가 줄 게 있어."

까만 봉지에 꽃무늬 원피스 두 벌을 넣어 챙겨주었다.

"이 옷은 내가 아는 사람이 갔다가 준 건데 아기 엄마한테 잘 맞을 것 같아, 이거 입고 다니면서 예쁘게 살아."

마음이 담긴 선물을 거절할 수 없었다.

"나도 많이 힘들었어. 그런데 여기 봉사하면서 여러 사람 만나면서 삶을 위안을 받았어, 그 첫 번째 사람이 아기 엄마였어. 그런데 오늘 이렇게 만나다니 너무 신기하다. 내 전화번호야 무슨 일 있으면 나한테 전화해. 알았지."

요한이가 학습만화 책 한 권을 골라 오더니 말한다.

"엄마 저 이 책 꼭 사고 싶어요."

"그래,"

"애가 책을 좋아하나 봐."

"네, 병원 생활 하면서 책을 읽었더니 아이가 커서도 책을 잘 보네요."

"잘했다. 잘했어."

친정엄마처럼 등을 두드려 주었다. 빨간 벨이 울린다.

"제가 집에 가서 집에 있는 물건 정리해서 보내 드릴게요."

"하하하, 안 그래도 돼."

"제 마음이에요."

뒤돌아서는 순간, 삶이 깃털처럼 가벼워졌다. 요한이도 4~5년 지나면 지금보다 더 괜찮을 것이다. 요한이는 음식 코너에 가서 토마토 스파게티 그릇을 가져왔다. 포크를 챙겨주려고 하니 아이가 말했다.

"엄마 저도 이제 스스로 할 수 있어요."

요한이는 굶주린 배를 스파게티로 채워 넣는다. 입가에 토마토소스가 묻었다. 맛있게 먹는 모습을 바라보니 저절로 미소 지어진다.

"요한아, 선생님 말씀 들었지."

"네, 아무 문제 없다고 하셨어요."

병원을 나와 정류장에서 서울역으로 가는 버스를 기다렸다. 멀리서 달려오는 버스를 보고 요한이가 벌떡 일어나 배에 힘을 주고 기사 아저씨를 향해 말한다.

"아저씨, 혹시 이 버스 서울역 가요?"

"그래 너를 위해서 서울역 가주마, 어서 타라! 녀석 참 씩씩하네!"

요한이는 미소를 가득 머금고 앉아 서울 시내를 내다본다. 서울역에 다다르자 아저씨가 말한다.

"너를 위해서 아저씨가 버스를 끌고 서울역에 왔다. 잘 가거라!"

"네 아저씨 감사합니다."

인사를 하자, 버스 안에 사람들이 모습을 보고 웃었다. ktx를 타고 집으로 내려오는 동안 두 모자는 단잠을 잤다. 집으로 돌아와 상자에 기부할 것을 정리하기 시작했다. 요한이와 안나에게 말했다.

"너희들이 사용하지 않은 것을 기부하면 필요한 사람들이 사면서 돈을 내는데 그 돈이 모이면 아픈 사람들을 위해 사용하게 된데. 어때 좋은 일이지 한번 해볼래?"

요한이와 안나는 기부 상자에 담기 시작했다.

삶, 깃털이 되다

학교에서 전화가 왔다.

"안녕하세요. 요한이 어머님, 사실은 오랫동안 고민했습니다. 요한이 말로 어머니가 매우 아프시다고 해서요. 저도 아파봤기 때문에 참았는데 말씀을 드려야 될 것 같아서 전화 드렸습니다."

차분하고 목소리로 어렵게 이야기를 꺼냈다.

"요한이가 학교생활에 대해서 말하던가요?"

"어제 물어봤을 때 학교 선생님이 제일 좋다고 했어요."

"아, 그래요? 안 그럴 텐데 요즘 요한이와 저랑 기 싸움을 하고 있어요. 요한이는 자신이 좋아하는 것에만 관심을 두고 나머지 시간에는 집중하지 않습니다. 오늘은 수업시간이었는데 책상에 아이가 없는 거예요. 애들아, 요한이 어디 갔니? 물어보니 책상 밑 숨어 있었어요. 수업시간에 2명이 집중을 안 합니다. 그나마 한 명은 한 번이라도 쳐다보는데 요한이는 단 한 번도 보지 않아요. 고집이 세요."

"선생님, 죄송합니다. 제가 요즘 아프다는 핑계로 아이를 챙기지 못했어요."

"저도 아파봐서 알아요. 너무 자책하지 마세요. 어머님 탓이 아니에요. 우리 요한이를 위해서 한 번 더 신경을 써 보도록 해봐요. 요한이는 누구보다 엄마의 손길이 많이 필요한 아이입니다. 어머님, 힘내세요. 저도 노력할게요."

당부와 위로를 하고 전화를 끊었다. 선생님이 전화번호를 누르기까지 얼마나 고민을 했는지 느껴졌다. 한동안 생각에 잠겼다. '착한 엄마 콤플렉스'의 김지영 작가에게 이야기했다.

"아이한테 과하게 칭찬을 했나요?"

"네, 그림을 잘 그린다고 칭찬을 했어요."

"아이에게 제약을 많이 했나요?"

"네, 아플 때 밖에 나가지 못하고 집에서 이것 하지 마라 저것 하지 마라 제약을 많이 했어요."

"아이는 부모의 사랑과 관심이 필요해서 그런 것입니다. 엄마한테 칭찬받은 일과 행동에만 집중하게 되는 것이죠. 그리고 다른 것에는 관심을 두지 않는 것입니다."

'아이는 사랑에 목마름을 표현했구나, 어떻게 아이 있는 그대로를 사랑할 수 있을까?'

남자아이라서 활력이 넘치고 호기심이 가득 했다. 엄마는 요한이에게 엄하게 대했고, 바람에 흔들리는 깃발처럼 기분대로 왔다 갔다 육아했다. 그 결과 요한이는 집과 학교에서 방황했던 것이다. 아이의 눈을 마주 보며 앉아 이야기 하려고 하니 눈을 피하고 이러저리 몸을 움직이며 빠져나가려고 했다.

"요한아, 수업시간에 왜 책상 밑에 있었어?"

"밑에 연필이 떨어져서 주우려고 했어요."

"그랬어? 그런데 수업시간에 왜 집중을 안 해? 요한이 선생님 좋아한다고 했잖아. 좋아하는 선생님의 부탁인데 들어 주면 좋아하시지 않을까?"

"사실은 그게 말이죠. 엄마, 저는 칠판을 보고 있으면 머리가 답답해져요. 머릿속에 그림으로 가득 차 있는데 칠판을 보며 집중할 수가 없어요. 더구나 외우는 것은 더 못하겠어요."

그동안 그림대회 나가면서 상 받는 것에 집중하다 보니 이렇게 되었나? 생각해 보니 학습지를 할 때도 색연필로 그림만 그리고 있었다. 이것이 습관이 되어 학교에서도 그림만 그리고 싶어 했다. 엄마의 과한 칭찬과 외면이 아이를 고립하게 만든 것이다. 어떻게 이 과제를 풀어가야 할 것인가? 다음날 선생님께 문자가 왔다.

'요한이 집에 갔나요? 다시 보내 주세요.'

아이를 학교에 다시 보냈다. 이번에는 전화가 왔다.

"요한이 왔나요? 네 신발주머니 두고 왔다고 다시 챙겨서 왔어요."

"오늘 미술 수업하고 자리 정돈하고 수학책 챙긴 사람 집에 가라고 했는데 요한이는 두 가지 과제를 해결하지 못하고 집으로 갔습니다."

"죄송합니다."

전화를 끊자 요한이 표정이 고드름처럼 얼어붙었다. 자신이 거짓말을 했다는 것을 알게 된 엄마가 무서웠을까? 요한이 손을 붙잡고 말했다.

"엄마랑 학교에 가자."

"왜요. 엄마?"

"우리 학교에 가서 자리도 정리하고 책도 챙겨오자."

요한이는 무릎을 치며 말했다.

"아, 깜박했다. "

밖으로 나오니 봄 햇볕이 따스했다.

"엄마, 우리 학교 교목이 무엇인지 아세요?"

"엄마 모르는데."

"바로 개나리에요."

"그랬구나, 우리 요한이가 태어났을 때 개나리꽃이 활짝 피었어. 지금처럼 말이지. 봄 햇살이 참 좋다. 그치?"

아이의 얼어붙은 표정이 개나리꽃처럼 노랗게 밝아졌다. 교실 들어가서 수학책을 챙기고 뒤로 밀려난 의자를 책상에 넣었다. 그리고 교실에 붙어 있는 자신의 그림을 자신 있게 소개했다. 문을 열고 나오는데 요한이가 선생님을 향해서 달려간다.

"선생님, 선생님, 우리 엄마예요."

고개를 숙여 인사드릴 드렸다.

"이 녀석, 엉덩이 좀 맞아야 해."

미소로 아이의 엉덩이를 똑똑 어루만져 주었다. 집으로 돌아오는 길, 쏟아지는 햇살을 바라보며 기도했다.

'부족한 엄마가 어떻게 아이를 키워야 할까요?'

일요일 아침 10시 30분, 성당의 맨 앞자리에 앉아 미사를 드렸다.

"나는 착한 목자다. 착한 목자는 양들을 위하여 자기 목숨을 내놓는다. 삯꾼은 목자가 아니고 양도 자기 것이 아니기 때문에 이리가 오는 것을 보면 양들을 버리고 달아난다. 그러면 이리는 양들을 물고 양 떼를 흩어 버린다. 그는 삯꾼이어서 양들에게 관심이 없기 때문이다. 나는 착한 목자다. 나는 내 양들을 알고 내 양들은 나를 안다. 이는 아버지께서 나를 아시고 내가 아버지를 아는 것과 같다. 나는 양들을 위하여 내 목숨을 내놓는다. 그러나 나에게는 이 우리 안에 들지 않은 양들도 있다. 나는 그들도 데려와야 한다. 그들도 내 목소리를 알아듣고 마침내 한 목자 아래 한 양 떼가 될 것이다. 아버지께서는 내가 목숨을 내놓기 때문에 나를 사랑하신다. 그렇게 하여 나는 목숨을 다시 얻는다. 아무도 나에게서 목숨을 빼앗지 못한다. 내가 스스로 그것을 내놓은 것이다. 나는 목숨을 내놓을 권한도 있고 그것을 다시 얻을 권한도 있다. 이것이 내가 내 아버지에게 받은 명령이다."

성경을 읽고 신부님 강론이 시작되었다.

"성소 주간입니다. 성소는 완성되는 것이 아닙니다. 끄집어내는 것이지요. 우리 아이들 교육은 지금 집어넣으려고 교육하고 있습니다. 그러나 교육 Education, 라틴어 어원 Educare 에서 E는'밖으로' ducare는 작업'끌어내다'라는 의미를 지녔습니다. 주입하지 말고 아이가 지는 소명을 이끌어내는 것이 중요합니다. 완성된 것을 바라지 마세요."

강론이 가슴에 깊이 새겨 들어왔다. 그리고 미사가 끝나기 전에 신부님이 전 신자에게 숙제를 내주셨다.

"마르코 복음과 관련된 복음을 필사해 오세요."

만약 공책을 나누어 주시지 않았다면 공책 사고 준비하는 데 시간이 걸리다가 필사를 시작하지 않았을 것이다. 그 마음을 알았는지 필사 공책을 나누어 주셨다. 빼도 박도 못 하고 성경책을 펼쳐 필사를 시작했다. 작심삼일에 된 3일째 되는 날, 신랑이 말했다.

"내가 자기랑 살면서 자기가 이렇게 집중해서 하는 모습은 처음 봐. 진짜 열심히 한다."

성경책 필사는 질문에 대한 화답이었다. 심리상담 센터 찾지 않고 성경책 필사를 하며 요한이 등을 쓰다듬으며 말했다.

"소중하다. 소중하다. 요한이는 소중하다. 요한이는 소중한 엄마의 아들이다."

엄마는 삯꾼이 아닌 목자가 되어 양들을 돌봐야 한다.

마치는 글

혹독한 추위를 이겨내고 앙상한 나뭇가지에서 연한 녹색의 푸른 잎이 돋아 난다. 민들레도 노란 꽃을 피워 지나가는 등교하는 아이의 발걸음을 멈추게 한 다.

"엄마, 민들레꽃이 피었어요."

"응, 꼭 요한이 미소를 닮았다."

허리를 구부리고 앉아 민들레꽃 향기를 맡는다.

"엄마, 민들레에서 햇볕 가득한 냄새가 나요."

아이는 엄마를 바라보며 노란 민들레꽃을 닮은 미소를 환하게 짓는다.

'햇볕 가득한 냄새란 무엇일까?

아마도 요한이를 닮은 향기가 아닐까? 솜털처럼 보드라운 몸, 차가운 수술대 에서 이겨내고 피어난 미소가 햇볕 가득한 냄새를 닮았다. 요한이를 바라볼 적마다 나는 죄인이었다. 가슴을 내려치면서 언제나 목이 길어서 슬픈 짐승처럼 눈물을 뚝뚝 흘렸다. 지난겨울 얼음으로 꽁꽁 언 문구점을 지나면서 안나가 말했다.

"엄마, 엄마도 곧 예뻐질 거예요."

'속으로 생각했다. 4살짜리 어린 아이의 눈에도 엄마가 안 예뻐 보이나 보다.'

머리는 기름이 흐르고 눈에는 눈그늘 내려앉은 엄마가 안 예뻐 보였다. 그런데 엄마도 곧 예뻐질 거라고 말했다. 어디서 느낀 긍정의 힘일까? 겨울이 가고 봄이 왔다. 엄마의 머리에서는 냄새가 아닌 봄 향기가 난다. 바이올린 학원 가는 길, 옷가게에 걸린 체크무늬 원피스를 보고 말한다.

"엄마 저 원피스 입으면 예쁠 것 같아요."

투명한 유리문을 열고 들어갔다.

"저 옷 입어 볼 수 있을까요?"

"그럼요. 입어 보세요."

탈의실에 들어가 보풀이 일어난 회색 스웨터를 벗고 리넨 소재인 체크무늬 원피스를 입고 나왔다.

"엄마, 공주님 같아요."

하면서 다리를 끌어안고 볼을 비빈다.

"어머, 정말 잘 어울리세요. 아까 입은 옷보다 훨씬 예쁘세요."

거울에 비친 모습을 들여다본다. 기름진 머리도 턱밑까지 내려온 눈그늘도 보이지 않았다.

여름 바다로 여행을 떠나려는 설렘 가득한 여인이다. 치킨 한 마리 값을 내고 가게를 나왔다.

"엄마, 이 옷 사길 진짜 잘했어요. 엄마, 제 말 듣기 잘했지요."

"그래 우리 안나가 벌써 커서 엄마에게 어울리는 옷을 골라주네."

안나의 말대로 향기 나는 엄마가 되었다. 주말 새벽부터 일어나 신랑이 아침 준비를 한다. 부지런한 도마 소리를 듣고 아이들이 눈을 비비며 품 안으로 들어온다.

"오늘 어디 가요?"

"시골 할아버지 댁에 일하러 갈 건데 너희들도 갈래?"

대답과 동시에 둘은 다람쥐처럼 쪼르륵 달려가 잠옷을 벗고 외출 준비를 한다. 요한이는 파란색 티와 바느질로 꿰맨 회색 겨울 바지를 입고 나왔다. 안나는 이모할머니가 보내 주신 분홍색 원피스를 입고 빨간 모자를 쓰고 나왔다. 신랑이 차려준 산나물 볶음을 먹고 빨리 가자고 옷자락을 현관문으로 끌어당긴다.

"그럼 애들하고 다녀올게, 당신은 쉬고 있어. 오늘 일이 많아서 늦을 거야."

"엄마는 안 가요?"

안나가 가냘픈 새처럼 울먹인다.

"응, 엄마는 아파서 집에서 쉬고 계실 거야."

"엄마, 안나 보러 꼭 와요. 기다리고 있을게요."

대답하지 않고 미소를 보이며 아이를 보냈다. 오전 시간이 빠르게 흘러가고 오후 2시가 넘었다.

"밥은 먹었어요? 일은 많이 했어요? 애들은?"

"응, 한 6시 되면 끝날 것 같아, 애들은 흙에서 뒹굴고 잘 놀고 있어. 그런데 안나가 엄마 보고 싶다고 그러네. 엄마가 오기로 약속했다고 하면서 산 밑을 바라보며 엄마 찾고 있어. 아직 아기는 아기야. 바쁘니까 전화 끊을게."

전화를 끊고 머릿속에서 맴돌았다.

'엄마가 보고 싶어요. 엄마가 오기로 했어요.'

10년이 넘도록 장롱 속에 운전면허를 묻어 두었다. 시골로 이사 가면 운전이 필수라고 해서 10년 된 마티즈 한 대를 사고 주차장에다 모셔 두고 있었다. 안나가 골라 준 체크무늬 원피스 입고 키를 들고 나왔다. 시동을 걸고 신랑한테 전화했다.

"후진이 영어로 뭐지?"

"RRRRRRRRRRRRRRRRRR."

핸들 앞에는 신호등 모양으로 빨간색 정지, 파란색 액셀 표지판이 있다. 표지판을 보면서 액셀을 눌러 밟았다.

'나는 엄마다. 엄마는 아이가 부르면 어디든지 갈 수 있다.'

뒤에 초보운전 딱지를 붙이고 시댁으로 달려간다. 어디서 온 용기일까? 먼지 쌓인 운전면허를 봄바람에 날려 버린다. 강줄기를 따라 달려간다. 비보호 사거리를 통과해서 아이들이 있는 곳을 향해 달린다. 산 중턱에 경운기가 보이고 레고처럼 작은 사람들이 움직이는 모습이 보인다. 소변이 마려운 버근함이 밀려온다. 보리밭을 지나며 클랙슨을 빵빵 울린다. 멀리서 다람쥐보다 더 빠른 움직임이 보인다. 보리밭 사이로 뛰어들어 요한이가 가슴으로 안긴다. 그 뒤로 앵두 입술로 조잘거리며 안나가 달려온다.

"엄마, 엄마, 엄마,"

한 품에 아이 둘을 껴안는다. 들판 사이로 나비 한 쌍이 너울너울 춤을 춘다. 밭에 비닐을 씌우고 있는 신랑이 고된 허리를 펴며 이마에 흐르는 땀을 닦는다. 흙 묻은 엄지를 들어 올리며 말한다.

"박지은, 엄마 다 되었네. 멋있다."

신랑의 넓은 가슴에 들어가 힘껏 껴안는다. 그의 땀과 흙이 원피스에 젖어

들었다. 뒤따라 요한이와 안나가 포개 안는다. 얼음과 눈으로 덮인 땅을 일구고 고추를 심는다. 고추는 자라서 꽃을 피우고 열매를 맺을 것이다. 우리의 삶처럼

일체유심조, 모든 것은 마음으로부터 나온다.

세상을 행복해 보인데 나만 힘들다고 온몸을 웅크리며 살았다.

'자신을 사랑하세요.'

고개를 들어 눈물을 닦고 세상을 바라보니 나와 같은 삶의 형태에서 민들레 꽃을 피우며 걸어가는 사람들을 보게 되었다. 먼지를 떨어내고 함께 푸른 보리 밭 길을 거닌다. 한 쌍의 나비가 나풀나풀 기분 좋게 날아간다.

삶, 깃털이 되다.

당신의 삶이 깃털이 되길 바란다.